U0087776

致 親愛的

莎士比亞十四行詩

邱錦榮 著

Shakespeare's Sonnets: Select Reading with a Commentary

三民書局

文明叢書序

起意編纂這套「文明叢書」，主要目的是想呈現我們對人類文明的看法，多少也帶有對未來文明走向的一個期待。

「文明叢書」當然要基於踏實的學術研究，但我們不希望它蹲踞在學院內，而要走入社會。說改造社會也許太沉重，至少能給社會上各色人等一點知識的累積以及智慧的啟發。

由於我們成長過程的局限，致使這套叢書自然而然以華人的經驗為主，然而人類文明是多樣的，華人的經驗只是其中的一部分而已，我們要努力突破既有的局限，開發更寬廣的天地，從不同的角度和層次建構世界文明。

「文明叢書」雖由我這輩人發軔倡導，我們並不想一開始就建構一個完整的體系，毋寧採取開放的系統，讓不同世代的人相繼參與、撰寫和編纂。長久以後我們相信這套叢書不但可以呈現不同世代的觀點，甚至可以作為我國學術思想史的縮影或標竿。

2001 年 4 月 16 日

自 序

「情」這一字，如何書寫？

　　疫情期間，聽見一個少年說：「三年吔，我的青春就這麼飛了！」這場瘟疫給地表的活動按下暫停鍵，生命在隔離與獨處裡沉澱下來。英國十六世紀的詩人與戲劇家——莎士比亞 (William Shakespeare, 1564-1616) 也曾經歷過瘟疫危機，他寫十四行詩的主要時間在 1592-94 年間，當時倫敦瘟疫肆虐，劇院經常休業，劇本需求驟減，劇作家蹲在小閣樓裡寫詩，獻給貴族賺些收入，正如我們在 Covid-19 期間的居家上班。四個世紀前的瘟疫造就永恆的情書，二十一世紀的此刻，新冠肺炎疫情蔓延三年，或解封或幽閉，詩人的雲中錦書都適合你我展讀，他愛慾悲歡的書寫飽含能量，引發無數的讀者共鳴。古今中外，多少人書寫「情」，但是誰像莎士比亞，可以如此描繪感情的種種面貌，甚至刻畫同性之情？

　　我在大學外文系的課堂上初識莎劇風景，從此走上莎學研究的不歸路，直到幾年前才突然覺悟：年少時失戀，長夜痛哭以詩誌情；中年後境外旅遊，偶爾以詩誌景，想起的多半是五言、七言絕律，為什麼與奮鬥了大半生的英文，總是相隔一層紗，甚至隔了一座山？我興起讀十四行詩的念頭，

作為日常自修，也透過開課和學生分享經驗。學游泳需要操練水感，開車追求「人車一體」的駕馭感；同樣地，學習語言也需要語感。全球擁有最多讀者的書是《聖經》，而莎翁的作品隨時間的推移，被大量改編為電影、芭蕾、動漫、音樂劇等流行文化製品，可謂普及率最高的人間作者。跟著莎翁學英文，是極有趣的事。我期待藉著這本書陪伴大家一起讀好詩，練翻譯，打通中英文的任督二脈。

「愛」的路上，多少崎嶇？

　　詩為心言，我們透過詩聆聽詩人的心聲，讀懂其中蘊含的感情，可以深度理解自己或他人的情慾。莎翁的商籟每首都自成格局，可以獨立閱讀；詩集則包含不同主題：嚮往、慾望、情色、嫉妒、背叛、憤恨、憂鬱、時間詩學與傷逝、理想化的情思、美好與永恆等，詩人透過不同的角度發展出迥然不同的辯證。如果試圖為所有的辯證做總結，也許最重要的信息是：詩人渴望和一位理想化的對象交心，渴望透過詩行超越死亡，留住最初的感動。無論是對失落的愛人、失落的過去、失落的自己，書寫猶如自我救贖，在無望中仍然盼望，從絕望中重新得力。一本商籟詩集，每人會讀出不同的故事，最終可以編織一份專屬自己的敘事，記載我們各自與莎翁的際遇，獨特的個人交流。這種讀詩方法可能勾起窺

視詩中人物的慾望，特別是詩人和他情感歸屬的曖昧性。學術詮釋必須嚴謹，不過我鼓勵讀者隨性想像。我選出三十二首詩導讀，希望展現不同主題。讀者如果互文考查，把詩集中四個人物串連起來說一則動人的故事，我們與詩人的距離或不遠矣。

　　莎士比亞研究歷經四個世紀的發展，早已全球化。各種研究理論百家爭鳴，從傳統的治學方法諸如考證、版本、歷史、語言學，到十九世紀的心理學、表演學，二十世紀的形式主義、結構主義、新歷史主義、殖民理論、解構主義等，持續到晚近的數位人文學；加上古今的翻譯與改編作品，挪用、回收、再生、創新，形成一個生生不息的循環。這是莎士比亞留給後世可貴的資產，但不容忽視的是學院之外的莎學普及化，即便一般讀者，任何非英語區的學習者，也可以與他親近，被激發，被撫慰。

　　我期待讀者完全沉浸在閱讀的當下，體驗與大師相遇的過程，感受跨文化之旅的喜悅，編寫以詩人角色為中心的劇本，例如：詩人在愛慾中的掙扎，凝視內在的中年危機。我也盼望 Z 世代的讀者把莎翁的情詩帶入你們擅長的領域：微電影、歌曲、舞曲、紙雕、繪畫、文創品、廣告文案等等。

　　這本書將帶領中文語境的英語學習者接近莎士比亞和他的語言，透過商籟在莎翁的遺澤上留下一枚指紋，成為他的

繼承人。走過商籟的鄉間小道，獲得基礎語彙和敏銳的語感，讀者可以出發探索莎翁戲劇的大千世界。祝福您成為莎詩和莎劇的終身樂學者，習得雅正的英文，開啟文化的視窗，在職場英語中存活並且茁壯。

致　親愛的
──莎士比亞十四行詩

目　次

第一部分
導　覽

莎翁的十四行詩集

十四行詩（sonnet，或音譯為商籟）起源於義大利，是以十四行文字寫成的短詩、小歌謠 (sonetto)，萌芽於十三世紀初，西西里島的神聖羅馬帝國腓特烈大帝 (Friedrich II, 1194–1250) 宮廷。一般推論為達‧倫蒂尼 (Giacomo da Lentini) 所創，以他為首的宮廷詩人將此詩體傳播至義大利半島，到十四世紀的佩托拉克 (Francesco Petrarch, 1304–74) 成為一種定型的詩體：前八行與後六行的詩體架構，每行十一音節，韻腳有規範。他以這種詩體向思慕的女性蘿拉 (Laura) 傾吐愛意，這段戀情苦求而不得，詩人卻耽於自虐，成為義大利十四行詩的代表。中世紀歐陸在貴族之間流行「宮廷愛」(courtly love)，歌詠騎士與城堡中皇后、貴婦之間幽微與禁忌的情愫，流風所及，十四行詩所歌詠的理想女性經常是高不可攀的美人，可望而不可親的仙子。典型的商籟本是情詩，由第一人稱的男性向其愛慕的女子訴說渴慕，抒發衷情。這類詩體後來傳布到歐洲法國、西班牙等國，詩人紛紛仿效，成為歐洲宮廷貴族之間酬唱應和的流行詩體。十五世紀至十六世紀的歐洲是各國詩歌作品鼎盛的時期，流傳至法國時，七星詩社重要成員杜‧貝萊 (Joachim du Bellay, 1522–60) 於

1549 年發表法語翻譯的佩托拉克十四行詩，他並且細膩模擬義式十四行詩，以所著《橄欖集》第二版 (*L'Olive augmentée*, 1550) 聞名，為法文十四行詩集的先驅。

　　到了十六世紀初，英國詩人繼承歐陸的十四行詩傳統發展出新的可能性，其中引介義大利體進入英國的關鍵人物有兩位：魏艾特爵士 (Sir Thomas Wyatt, 1503–42) 以及賽瑞伯爵 (Henry Howard, Earl of Surrey, 1517–47)，兩位都曾經翻譯佩托拉克的十四行詩，仿效模擬之際，也對義大利的詩體變化處理，加入傳統英詩的精髓，最大的改變在於：

　　一、結構：義式結構原為兩段，前八行後六行，英式結構改變為三個四行段 (quatrain)，後面跟著收尾的對偶句 (couplet)。

　　二、音節和韻腳：義式每行十一音節，韻腳為 abba abba cdecde（或 cdcdcd）。英式每行十音節，韻腳為 abab cdcd efef gg。

　　三、結尾兩行：義式原來互不押韻，英式改成押韻的對偶句。

　　結構改變，起承轉合的鋪陳隨之微妙轉變，而音節和韻腳改變則使義式商籟改頭換面，徹底在地化，成為符合英語自然節奏和韻律的詩歌。至十六世紀的九〇年代，商籟詩體引入英國已歷經三個世紀的發展，詩家紛紛以所作的十四行

詩結集出版，蔚為風氣；詩人集合一系列作品成為商籟詩串、詩集 (sonnet sequence, sonnet cycle)，這類詩集中間隱約有個故事梗概。其中有兩位文學家值得一提：

一、席德尼爵士 (Sir Philip Sidney, 1554–86)：《愛星者與星星》(*Astrophel and Stella*, "Starlover and Star," 1591)。

二、史賓賽 (Edmund Spenser, 1552–99)：《小情詩》(*Amoretti*, "Little Love Poems," 1595)，詩集獻給一位名為伊莉莎白的女子，可能是後來成為他第二任妻子的 Elizabeth Boyle。莎翁除外，史賓賽是英國文藝復興非戲劇類最偉大的詩家，以《仙后》(*The Fairie Queene*, "The Fairy Queen," 1590–1609) 為傳世代表作。

英式十四行詩的藝術在莎翁筆下臻於顛峰，因此又名莎體十四行詩 (Shakespearean sonnet)，莎士比亞之後此一詩體雖然淡出主流，但餘音不絕，後世仍有著名作家採用，例如約翰‧唐恩 (John Donne, 1572–1631) 的《歌與商籟》(*Songs and Sonnets*, 1633)，其他詩家包含《失樂園》(*Paradise Lost*, 1667) 的作者彌爾頓 (John Milton, 1608–74)、十八末至十九世紀浪漫時期的詩人華茲華斯 (William Wordsworth, 1770–1850)、拜倫 (George Gordon Byron, 1788–1824)、雪萊 (Percy Bysshe Shelly, 1792–1822) 以及濟慈 (John Keats, 1795–1821) 等。

　　莎翁商籟的寫作期間介於 1593–1603 年，長達十年之久，他的 154 首詩合為詩串，成為英式商籟的冠冕。莎翁商籟詩集第 1–126 首獻給一位年輕男性，詩人稱之為 "my lovely boy"（我的可愛男孩）或 "fair friend"（俊美好友）。不過每一首詩都各自完整，可以單獨成立。其中僅二十五首性別的標示清晰，其他的放在女性身上並無違和感。127–152 則環繞 Dark Lady（黑女郎）或 my mistress（我的情人、女士）。最後兩首 153–154 與前面兩大主題無關，而是描寫月神戴安娜的使女潛入愛神邱彼特寢室，熄滅愛的火焰以解救凡人苦戀的種種情慾病根。換言之，詩集的八成以上聚焦於一位美少男 (Fair Youth)，學者因此對莎翁的性傾向充滿了想像和臆測。王國維《人間詞話》云：「詞至李後主而眼界始大，感慨遂深。」從歐陸流傳到英國的十四行詩在莎翁筆下也有類似的嬗變：宮廷之愛的筆法已逐漸磨損，失去新意；佩托拉克式的詞藻已不能滿足詩人的需要。

　　文學史上記載的莎士比亞生長於十六世紀英國的文藝復興時期，當時的西歐文明已經脫離中古神權時期，轉型為人文主義（以人為本的思考模式），質疑絕對權威（宗教、封建體制、道德教條、家族長制度等）。藝術作品也反映時代的價值觀：訴求個性解放，探索人類內心愛慾情仇的複雜形貌。如果比喻中古神權時期為一個人成長過程的壓抑期，文藝復

興時代則是生氣盎然、生命活力奔放的探索時期。莎士比亞的作品相當程度地反映這個活潑的時代，他的戲劇作品包羅萬象，商籟詩體的內容也由情詩母題 (motif) 擴展到對生命多方面的關注，例如時間、懺悔、美學、情慾等的辯證，題材的樣貌多彩多姿；尤以性別的流動最令人矚目。詩歌在文學中本是最神祕、私我的一種文類，一般認為詩歌與詩人有緊密的連結，因此許多學者認為莎翁的商籟詩串有自傳的況味，試圖透過詩串分析莎翁的人格特質及其生平，並且作為瞭解他所寫的三十八齣劇本的途徑。莎翁商籟的神祕深邃吸引後世不斷地解讀他情感的歸屬，拼湊他生命的梗概。

人物的身分

由於詩集扉頁標示獻給 "Mr. W. H."，關於美少男的身分，大部分考據都環繞姓名之謎，於是姓名字首為 WH 的時人都被檢索，入列的人物至少包含：一、南安普敦伯爵亨利·瑞爾賽斯里 (Henry Wriothesley, 3rd Earl of Southampton, 1573–1624)，比莎翁小九歲。二、潘柏克伯爵威廉·赫伯 (William Herbert, 3rd Earl of Pembroke, 1580–1630)，比莎翁小十六歲。三、哈維爵士 (Sir William Harvey, 1510–67)：1588年英國海軍打敗西班牙無敵艦隊的功臣之一，後來成為南安普敦伯爵的繼父。四、威利·休斯 (Willie Hughes)。二十世

紀初的愛爾蘭戲劇大師及童話作家王爾德 (Oscar Wilde, 1854–1900) 加入猜謎尋人大賽，他的短篇小說〈WH 先生的畫像〉 ("The Portrait of Mr. W. H.," 1889) 發想來自於伊莉莎白時期劇場的慣例──所有女性角色都由變聲期前的男童演員 (boy actor) 飾演，於是當時的男童演員休斯就被如此穿鑿附會，引發男身女體的想像。

　　眾說云云，而多數猜測指向南安普敦伯爵。當時皇室、貴族贊助作家是一項文雅慣例，尤其十六世紀的九〇年代瘟疫肆虐，倫敦的劇院時常關門休業，詩人和劇作家尋求貴族資助的可能性極高。1593 年莎翁將他的第一首敘事長詩《維納斯與阿多尼斯》(*Venus and Adonis*) 在詩冊扉頁以具名方式題獻詞向南安普敦伯爵致敬，猜想此詩甚受青睞，因為 1594 年莎翁再度將他的第二首敘事長詩《魯克麗絲失貞記》(*The Rape of Lucrece*) 獻給伯爵。他是莎翁贊助者中確實留下歷史記錄的一位，至於贊助金額多少則不見於任何記載，但可以合理推測兩人之間應該有相當的信任和情誼，伯爵極有可能允許莎翁使用他的私人圖書館，令其獲得知識資源的寶庫，間接促成他戲劇舞臺寬闊的世界景觀。歷史上的南安普敦伯爵畢業於劍橋大學的聖約翰學院，飽讀詩書，擁有一個很大的私人圖書館，喜愛看戲，樂於贊助藝文人士。一般認為他分分寸寸都符合詩集中美少男的描繪，也是歷來研究者公認

最佳的候選人。唯一的問題是，詩集的獻詞所指 "Mr. W. H." 不但僅使用姓名的起首字母，而且與伯爵姓名縮寫 H. W. 正好相反，因此這位最佳候選人仍是一樁疑雲重重的公案。

　　根據一幅流傳下來的畫像，伯爵年當二十歲，長髮披肩，面容俊秀。伯爵父母離異，父親早亡，他是獨子但無心結婚。伊莉莎白時期男性的婚齡約於二十至二十九歲之間，女性的婚齡則約於十七至二十四歲。貴族的婚姻講究門當戶對，考量權力、財富、名位的結合，而且全憑父母之命，所謂戀愛成婚根本是無稽之談；弔詭的是，平民老百姓沒有門第家世的顧慮，反而比較有可能與喜歡的對象結婚。關於婚姻自主的抗爭在莎劇中有不少例子，例如：羅密歐與茱麗葉的雙方家族是世仇，只有以死抵制藩籬 (*Romeo and Juliet*, 1595)；苔絲德夢娜 (Desdemona) 背著老父與黑面將軍暗夜私奔結婚 (*Othello*, 1603–04)；赫蜜雅 (Hermia) 因父親要把她許配別人，而與情人賴山德 (Lysander) 相約逃奔雅典城郊的森林 (*A Midsummer Night's Dream*, 1595)。關於少年伯爵的婚姻，根據當時監護制度，監護人有法定權決定被監護者的婚事，他的監護人伯利勳爵 (Lord Burghley, 1520–1598) 施壓，撮合他與自己的孫女婚配。本是門當戶對的一樁好事，卻屢勸不成，伯爵起初相應不理，後來索性拒婚，遲至二十五歲才和女王御前侍女維儂 (Elizabeth Vernon, 1572–1655) 成婚。這些史料

的描述與詩集開宗明義，詩人對美少男勸婚的主旨符合。如果對號入座，詩人勸婚應該是受託於南安普敦伯爵的母親或監護人，以賞心悅目的詩文對少年柔性勸導。但是從詩集後續的發展看來，這個計畫徹底失敗。

　　除了敘述者詩人外，詩集中出現與之競爭抗衡的另一位詩人，我們名之為對手詩人 (rival poet)，有學者猜測是克里斯多福·馬婁 (Christopher Marlowe, 1564–93)。電影《莎翁情史》(*Shakespeare in Love*, 1998) 的編劇家緊抓這個論點，安排數個場景讓兩位劇作家同框。馬婁與莎翁同年生，兩人是否有交流，其實不詳；至於兩者之間的瑜亮情節倒不失為有趣的聯想。關於黑女郎的身分，幾乎沒有任何線索，但約定俗成，她被取名為露西 (Lucy or Lucie)，根據詩串改編的戲劇通常採用此名。事實上，個別角色的對號入座都僅止於拼圖遊戲，至今皆無定論。

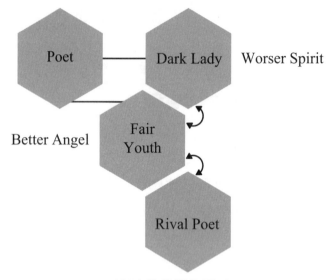

四個人物的關係圖示

馬婁與莎士比亞

馬婁出生在英國的坎特伯里 (Canterbury)，於 1564 年 2 月 26 日受洗。由於當時嬰兒的死亡率很高，根據慣例，嬰兒約於出生後三日內（至遲需於下一個主日前）在當地教堂登記並接受洗禮，因此教會保存的洗禮記錄與實際的出生日期約有三日的出入。莎翁的洗禮記錄為同年的 4 月 26 日。據此推斷，莎士比亞比馬婁略小兩個月。

伊莉莎白時期最偉大的兩位戲劇家竟然誕生於同一年，不過兩人的教育背景截然不同。莎翁學歷很平凡，大致上符

合當時一般平民家庭男孩子所受的教育：五歲入小學（petty school，源自於法文 petit，意為 small），附設於文法學校 (grammar school)，由一位老師教導閱讀。兩年之後直升文法學校，直至十四歲畢業。課程安排很緊湊：夏季六點、冬季七點上學，中午十一點回家用餐，另有休閒活動的空檔，直到下午五點至六點下課；每週上課六天，僅星期日休息。莎翁在家鄉史特拉福 (Stratford-upon-Avon) 就讀的文法學校名為「國王新校」(the King's New School)。當時文法學校教學的重心全在古典語文、歷史和文學，首要目標為拉丁文，使用的教材是一本半拉丁文半英文的文法課本（William Lily's *A Shorte*〔文藝復興時 Short 的拼法〕*Introduction of Grammar*），其次為英語及希臘文。莎翁涉獵的拉丁文讀物應包含西賽羅 (Cicero, 106–43 BC)、維吉爾 (Virgil, 70–19 BC)、賀日斯 (Horace, 65–8 BC)、歐維德 (Ovid, 43 BC–c. 17 AD)、西內卡 (Seneca, c. 4 BC–65 AD) 等拉丁文名家作品。拉丁文在今天被視為「死的語言」，不是溝通的語言工具，僅古典文學的學者及神職人員通曉，是一般人不會說的語文，但在伊莉莎白時期的英國，拉丁文不僅是書寫的語文，學童在校還需要以拉丁文彼此說話，而不是用英文。莎翁十三歲時，經營手套生意的莎父欠債，家道中落，而且下有弟妹四人（另三名手足早夭），被迫輟學。他的後輩作家班・強森 (Ben

Jonson) 曾有一句挖苦莎翁的話，常為後世引用：「他僅知一點兒拉丁文，希臘文更少」(He had but little Latin and less Greek)，此說並不公允，文法學校的教育應該給予他相當紮實的拉丁文基礎，據某些傳記作家的說法，他可能因謀生曾在外地的文法學校任教。歷代以來也有少數學者質疑以他冠名的戲劇是否真正出於他的手筆，因為其中顯示的法律、天文、科學等知識不可能出自一個僅受普通教育的作家。反駁此謬論的學者當然居多，對於現代讀者而言，從未就讀大學、出身平凡的莎翁給我們最大的啟示也許是：社會是一所開放的大學，倫敦在十六世紀已是國際都會城市，他在這裡吸納各樣的知識，包含上流人士說的法文；他敏於觀察，勤於筆耕，終身學習不輟。

　　相較於莎翁，馬婁是位早慧型的學院才子，他就讀劍橋的基督學院 (Christ's College, Cambridge)，接受獎學金為期長達六年，得到文學士、碩士學位；該獎學金通常授與有志於從事神職工作者。馬婁或許並未得到神的呼召，反而走向撰寫劇本的生涯。自 1587 年起他常駐倫敦，為劇院撰寫劇本，可能也兼任政府情治單位的工作。據傳，馬婁在劍橋就學時已經寫過一部劇本。他在倫敦推出的第一部劇作《帖木兒第一部》 (*Tamburlaine the Great*, c. 1587) 以無韻詩 (blank verse，又譯為素詩體) 寫成，是不押尾韻的格律。馬婁雖非

無韻詩的創始者，但絕對是此一詩體早期的實驗家、先行者。莎翁的戲劇也以無韻詩為主，可以說，沒有馬婁，就不會有稍後成名的莎士比亞。《帖木兒》的問世是伊莉莎白女王時代英國戲劇臻於成熟的重要標竿。劇中主人翁是十四世紀崛起於蒙古巴魯剌思氏部落的游牧梟雄，雄心萬丈，打敗了西亞、南亞和中亞的其他國家，成為帖木兒帝國的奠基人。他如同西元前四世紀征服整個波斯帝國的亞歷山大大帝，一生未嘗敗績。馬婁藉此人物抒發人類與生俱來的征服慾、掌控慾。後續劇作包含《帖木兒第二部》(*Tamburlaine Part II*, c. 1589)、《馬爾它的猶太人》(*The Jew of Malta*, c. 1590)、《愛德華二世》(*Edward II*, c. 1593)、《巴黎大屠殺》(*The Massacre at Paris*, c. 1593)，而特別以《浮士德博士的悲劇》(*The Tragical History of the Life and Death of Doctor Faustus*, c. 1592) 為其傳世鉅著。

　　當年馬婁已是倫敦家喻戶曉的話題人物，莎士比亞只是一枚小角色。馬婁在同輩作家中出道最早，迅速成名，天才洋溢最為耀眼。但其私生活面也頗具話題：他在劍橋就讀碩士期滿，雖然最後如期獲得學位，校方曾經遲疑是否應授其碩士學位。據考箇中原因包含：經常蹺課，劍橋殘存的記錄顯示他有多次長期缺席的記錄，狀況異常顯非校規所能允許；他改信舊教（羅馬天主教），不符合當時新教政權的「政治正

確」；他企圖轉學他校。另外，劍橋現存的餐廳帳目顯示馬婁吃喝的消費驚人，用度之闊綽絕非靠獎學金生活的學生得以負擔。因此據史料推論，馬婁很可能涉入政府情治單位的祕密特務工作，而另有灰色收入。

他們的時代

十六世紀的英國經歷宗教改革、新舊教鬥爭：亨利八世 (Henry VIII, 1491–1547) 脫離羅馬教廷，自立「英國國教」（Church of England；現為「盎格魯聖公會」 Anglican Church），集政教兩權於一身，從此與羅馬天主教分裂。他死後，幼子愛德華六世 (Edward VI, 1537–53) 繼位，極力推行新教，但年少去世。其同父異母姐姐瑪麗女王 (Mary I, 1516–58) 繼位，力圖恢復舊教，屠殺宗教異議人士三百人，史稱「血腥瑪麗」。瑪麗死後，她的同父異母妹妹伊莉莎白一世 (Elizabeth I, 1533–1603) 繼承大位，再度標舉新教。改朝換代之間，新舊教的更迭不只是宗教信仰的對立，背後更是政治的角力：新舊教的信徒各擁其主，宣示效忠。伊莉莎白一世即位後，為了鞏固政權，接受群臣諫言，囚禁對其王位極具威脅的表姪女蘇格蘭女王 (Mary, Queen of Scots, 1542–87) 逾十八年，最後並將她斬首。由此可見信仰的「政治不正確」幾近叛國。馬婁為「無神論」者的傳言一直甚囂塵上，1593

年 5 月 20 日，馬婁以此罪名被捕。當時無神論或異端是極大的罪名，罪犯會被綁在木樁上活活燒死。但是馬婁被捕後，未曾下獄，未被量刑，反倒輕鬆開釋，條件是每天需到法庭向一名特定的法官報到，有些勒戒悔改的意味。凡此種種，都浮現出一個桀驁不馴的才子形貌。以我們對馬婁生平有限的知識，僅能試圖在一張拼圖上拼湊他的影像，其中永遠缺少關鍵的那一片——馬婁之死。

　　馬婁因「無神論」罪名被捕，開釋十天之後離奇死亡，旅世僅二十九載。根據傳說：5 月 30 日在德福 (Deptford) 的「寡婦公牛客棧」(Inn of the Widow Bull)，馬婁因一紙帳單的爭執與人大打出手，被短劍刺傷身亡。當時的客棧有現今旅宿、酒吧 (pub)、咖啡廳的複合功能。帳單之爭是偶發事件？女王親信的特務頭子在酒館對馬婁下手？他因無神論遭致叛逆罪而被暗殺？是邪非邪，陰謀論從此包圍著馬婁死亡之謎，馬婁的英年早逝成為千古公案。但是這段公案卻給《莎翁情史》的編劇家充足養料，編排兩人相識、相遇，莎翁對馬婁既羨慕又嫉妒的情節。令人絕倒的是，劇中的青年莎翁簡直是個無賴，談情說愛，引誘人（未婚）妻，甚至闖了禍還假冒馬婁之名頂替。馬婁死訊當晚傳到倫敦酒吧，莎翁以為情敵尋仇，教馬婁作了替死鬼，深夜跪在聖壇前捶胸懺悔，次日大白天恍惚看見馬婁鬼魂向他索命。

　　故事說到這裡，商籟詩集中出現的對手詩人，似乎非馬妻莫屬。2014 年，莎翁誕生四百五十年紀念，我以瑜亮情節為哏，想像兩位劇作家如果還魂相聚，他們的對話，寫了一齣獨幕劇。人是物非，酒的滋味變了，例如：莎翁筆下最受歡迎的喜劇人物——歷史劇《亨利四世第一部》(*Henry IV, Part I*, c. 1597) 的胖爵士福斯塔 (Falstaff)，每出場必吆喝「給我 sack（白葡萄甜酒）」，老闆娘聽成 sake（日本清酒）。

短劇〈何日君再來：馬妻＋莎士比亞〉

時間：2014 年某個夏日黃昏

地點：茱麗葉之家酒吧 Casa di Giulietta，倫敦西區

人物：馬妻（二十九歲的容顏）

　　　莎士比亞（五十二歲的中老年人，前額禿，小腹滾圓）

　　　老闆娘／媽媽桑（四十出頭，義日混血，風韻似《亨利四世》裡的酒館老闆娘桂嫂〔Mistress Quickly〕）

馬妻：久違了，老莎。

莎翁：老馬，一別千古，竟然還能見到你，真不容易。

老闆娘：（送上熱毛巾，抹茶）Wa ta si Giulietta，我叫茱麗葉・美代子。兩位喝什麼酒？要小菜嗎？

馬妻：Sack! 選最好的五樣小菜送上來。

老闆娘：馬上叫廚房準備。

馬妻：今年有不少演出打著「莎士比亞誕生四百五十週年紀
　　　念」的名號。聽說全世界都在籌備 2016 年紀念你去世
　　　四百週年的活動。

莎翁：別酸我了。當年倫敦劇場你獨領風騷，每齣戲都賣得
　　　嚇嚇叫。老哥你在倫敦街頭走路有風，過泰唔士河擺
　　　渡船夫對著你高聲吟頌「雄偉詩行」(mighty line)：

　　　　　可是這傾國之貌調動千艘戰艦，
　　　　　把特洛伊高聳的城塔燃為灰燼？
　　　　　甜美的海倫，請以一吻賜我永生！

馬妻：（入戲地）浮士德這時親吻海倫──海倫的幻影。

莎翁：「木馬屠城記」裡的紅顏禍水。

馬妻：艾倫 (Edward Alleyn, 1566–1626) 演活了浮士德，我們
　　　那代的大腕！

莎翁：為這一吻浮士德出賣他的靈魂，寧可萬劫不復。

　　　　　她雙唇勾去我的魂：魂飛何處！
　　　　　來，來！海倫，把我的魂還給我。

　　　班‧強生 (Ben Jonson, 1572–1637) 把你的無韻詩美名

　　　　為「雄偉詩行」。《帖木兒》那齣戲在舞臺上,「雄偉詩行」鏗鏘有聲,但《浮士德》這個劇本才真正的令人驚心動魄。老馬,你真是××的天才!

馬婁:你以為我是天縱英才,出口成章?我窩在閣樓裡沒日沒夜地趕劇本,搞到幾乎人格分裂:一會兒是浮士德,慾望熊熊燃燒;一會兒又是魔鬼,引誘浮士德,手段要精緻,言詞要曖昧,好多段都琢磨到快要嘔出膽汁。想像浮士德見著海倫,傳說中的絕世美女,那張傾國傾城的臉,擁之入懷,他想:「我要用永生換取這一刻!」

老闆娘:(屈腰半蹲送上酒菜)　這碟和菓子　「東京香蕉」Tokyo Banana 是小店特別奉送的 on the house。一回生二回熟,以後要常常來呦!先嚐嚐酒。

馬婁:瓷杯子挺有趣,(喝一口酒,皺眉) 不是 sack!

老闆娘:是您點的 sake 呀!

馬婁:時代不同,連酒也走味了。好吧,好吧!老闆娘你去忙你的。

　　　　(老闆娘九十度鞠躬一再抱歉,起身離開)

莎翁:現在的白葡萄酒也不叫 sack 了。這老闆娘風韻猶存,年輕時是個美女吧?

馬婁:你的茱麗葉如果活過四十大概就長這樣子,朱顏辭鏡

花辭樹，不過爾爾。我讀了《羅密歐與茱麗葉》前面
幾個場景，但沒看過你這齣戲的演出。

莎翁：我的茱麗葉是永恆的青春愛情偶像、不老神話，這點
我絕不讓步。

馬妻：逗你玩的，瞧你認真的樣兒！

莎翁：老馬，說點認真的，大家都傳你是個異端分子，無神
論的傢伙。《浮士德》這齣戲不就是個活證據！為了嘗
到超越極限的滋味，浮士德出賣靈魂給魔鬼，換取如
神的掌控力和二十四年的世間享樂。大限已至，善、
惡天使撕扯，他拒不懺悔。我那時也猜想，你怎麼能
把一個德國民間軼事，寫成這麼絕對的悲劇？馬妻的
身心魂八成都被魔鬼附身了。

馬妻：我就是要寫出那樣無畏的氣魄，悲劇性的毀滅抉擇。
嘔心瀝血之作啊！

莎翁：劇終時，天地洪荒，浮士德巍然轟立，他不悔，因為
已經無路可退。

馬妻：你小子真是我的知音！

莎翁：我後來在《馬克白》(Macbeth, 1606) 裡，偷了你一點
撇步，讓馬克白船到江心，橫豎沒退路，豁出去了。
你我那輩的文青，個個標榜人本至上，挑戰權威，但
沒人敢像你這樣大膽，赤裸裸地宣揚個人的雄心

(aspiring mind) 凌駕一切，絕不受宗教、道德規範。你真驚世駭俗！

馬婁：中世紀的道德劇、神蹟劇，老掉牙了；前輩作家的歷史劇也了無新意。我非得找出一條鮮活的路，挑戰觀眾的胃口，用鏗鏘有力的「雄偉詩行」打動他們的神經。觀眾愛看我的戲，劇場老闆天天纏著我要劇本，證明我成功了。

莎翁：你少年得志，我那時真是嫉妒你，嫉妒得要死！明明和你同年生，祖師爺賞你飯吃，老天爺賜給你文思泉湧。你那齣《帖木兒第一部》上演的時候，我還只是個打雜檢場的，偶爾撈個小角色登臺露臉。那些年啊，鬱卒！

馬婁：你後來脫胎換骨了。

莎翁：我寫的《亨利六世》(*Henry VI, Part I*, 1592)，第一部才賣八鎊錢。躲在後臺看自己的戲，觀眾的反應不冷不熱，還有人睡著打呼。

馬婁：不，他們忙著吃點心呢！（展開伊莉莎白劇場的回憶）包廂上坐的薩福克公爵夫人正在吃蛋白霜杏仁糕，她家千金把葡萄、櫻桃一顆顆送進小口。那姑娘輕顰淺笑，模樣挺逗的。

莎翁：薇兒拉小姐長得可正點呢！遠近包廂上的少爺們各個

都明目張膽地盯著她瞧，好像看自己的未婚妻。至於老爺們，趁著夫人聊天，打盹、趕快偷偷瞄薇兒拉一眼。

馬婁：露天池座一個人一便士的站票區，多熱鬧啊！三教九流都來看戲。瞧瞧那群鄉巴佬：木匠昆司用小刀挖牡蠣肉，吃得真帶勁兒；織工巴藤在喝麥芽氣泡酒，發出ㄅ彡呼呼的怪聲。

莎翁：我在《仲夏夜之夢》裡，把這群木匠、織工、風箱工、補鍋匠、焊工、裁縫都聚集起來，讓他們排演一個阿里不達的戲。

馬婁：我欣賞你這個點子！他們都玩真的，戲被他們搞得一塌糊塗，可從來沒見過這麼認真排練的業餘演員，看了令人噴飯。

莎翁：（感動地）老馬，你辭世後還能看戲，看到我的戲？

馬婁：我只是不能再寫戲了！但是此心不死，形體無拘無束，來去自由，三不五時還到「劇院」、「帷幕」、「玫瑰」、「環球」，這幾家老牌戲院遛達。伊莉莎白一世的戲劇盛世，你我躬逢其盛，共同創造了那個時代。

莎翁：真懷念那個時代，看戲不是陽春白雪，是庶民娛樂，它簡直就是全民康樂。哪像現在到國家劇院，皇家莎士比亞的劇場，不能吃喝、走動，要到中場休息才能

去吧臺點杯小酒。

馬婁：老莎，我羨慕你得享天年，走過那個年代，跟那個時代一起成長。「世界一舞臺，男男女女都是演員」，你《皆大歡喜》(*As You Like It*, 1599–1600) 的名言，人生每個階段、每個困境，你都摸透、看透，兜進你的戲裡。

莎翁：很多人說，莎士比亞這小子和馬婁同年生，如果也同年死，歷史不會留下他的名字。

馬婁：生命不由己，存活本身就是奇蹟。我那部《馬爾它的猶太人》現在讀的人少，演出更少，影子寄生在你的戲裡。

莎翁：（尷尬地）我的《威尼斯商人》(*The Merchant of Venice*, 1596–97) 的確受《馬爾它的猶太人》的滋養，反猶情節、種族刻板印象、夏洛的憤怒反擊都得自你的啟發。

馬婁：你不只抄我也抄別人，材料是別人的，但是到你手中就出神入化。

莎翁：生我者父母，知我者馬婁。老哥，忘了問你，那天在德福鎮的「寡婦公牛客棧」，你到底是怎麼死的？

馬婁：那天我喝得醉茫茫，不如相忘。我倒想請教你的性傾向，你的 154 首「十四行詩」前面一大半獻給愛慕的

美男子，他是誰？後面蹦出的「黑女郎」又是誰？

（莎翁露出詭譎的微笑，馬妻會意。各化作一縷詩魂，
分道揚鑣。）

老闆娘：（追出來大叫）帳單、帳單，沒結帳就跑了？

（原載《聯合文學》357 (2014)，略改）

詩集的排序

　　莎翁商籟可能在親近的朋友社群之間傳閱，並未出版。
商籟全集首度問世的版本是梭普 (Thomas Thorpe, c. 1569–c.
1625) 的 1609 年四開本，由於這個版本印製粗糙，極可能未
經莎翁親自授權，而且當時的版權概念尚未成形，盜版印行
很普遍。所以這個通行的版本是否具有連續性？編輯的順序
是否可信？都是問號，解謎者不乏其人。有學者嘗試重新爬
梳整理 154 首商籟的順序，例如：坎貝爾 (S. C. Campbell) 認
為通行至今的四開版編序有諸多謬誤，另行梳理順序，整理
出一本動人心弦的懺情錄，詩人的愛慾悲歡浮現。他編序的
主軸也同樣強化詩集的三角張力，依循多數學院派的揣測，
把美少男的身分定為南安普敦伯爵。類似的辯論可以自成一
套邏輯，不過至今沒有任何足以說服大眾的定論。我選擇從
眾，依循四開版的排序。至於人物，我也邀請讀者發揮想像

力，編輯您心目中的故事。莎翁商籟詩集的詩稿順序與人物身分，終究是一幅難以完成的拼圖；最終我們得接受詩集的不確定性和神祕性。

第一人稱主體「我」：角色 vs. 莎翁

就文學創作而言，作者不必是，往往也不是，作品中第一人稱的「我」。同理，詩集中主要的說話者 (speaking subject) 並不等於莎翁本人，我們不能逕自把他與莎翁畫上等號。這位詩人應該視為莎翁創造的一個角色 (persona)，詩人身分的角色。角色 persona 這個字的字源上原意為面具 (mask)，指古希臘羅馬時代演員登場時，各依其所飾演角色的特質、身分、喜劇或悲劇性格所戴的面具，其功用類似中國傳統戲劇的臉譜。面具延伸的意義即指角色、戲劇人物 (role, character)。戲劇史上最著名的面具當屬索弗可里司 (Sophocles, c. 497–c. 406 BC) 悲劇裡伊底帕斯王 (*Oedipus Rex*, c. 427 BC) 的面具：雙眼深凹、面容悲傷。中西戲劇傳統裡的面具或臉譜都具體而微的呈現人物的個性或命運。這樣的理解幫助我們釐清作家與角色的距離，所以商籟中的第一人稱主體「我」實為「詩人角色」(poetic persona)，詩集中發展出的劇情可以視為主角與說話的對象「你」（美少男或黑女郎）以及掀起漣漪的第三者「他」（對手詩人），你我他之

間交往互動的故事。

　　莎翁讓四個角色扮演出一臺戲並不意外，因為想像力本是人類的天賦，例如：兒童遊戲的扮「家家酒」就充滿角色扮演的例子；孩童飾演爸爸、媽媽、小孩，想像出來的同伴，以及會說話的動物。日常生活裡的角色扮演也俯拾皆是，舉一個我的案例。今年初春，陽臺上的兩盆海棠、兩盆長壽花同時盛開。特別纖弱的這盆海棠開著淡粉色的小花朵，由冬入春的臺北斷續下了四十天的雨，她似乎禁不住風吹雨打，我想到越劇《紅樓夢》戲曲第一折「黛玉入府」，賈母的唱詞：「今日裡移來嬌花隨松栽，從今後在白頭外婆懷裡攢。」我遂把嬌花挪放到一棵大型的植株下，為她遮風擋雨。另一盆金黃色的海棠，花朵大氣，有陽光的日子裡閃閃發光，沒有陽光的日子她像是小太陽，親和力好比寶釵。又一顆大紅色的長壽花，豔麗喧囂，堪比王熙鳳。我培養最久的那盆長壽花則已長成一大盆，粉紅色的花像是月季、玫瑰，紅花綠葉層層相擁，似乎是花團錦簇中的寶玉。然而，花開花謝本自在，陽臺上的小陽春關紅樓何事！只因我無聊，幻想盆栽化做戲中人物。我們不難想像莎翁在他的詩集中編排不同的角色，四個人物或多或少也都是莎翁自己的分身或是延伸；他的腦袋裡就有一座舞臺。

同性情誼 (homosocial relation) vs. 同性戀

同性情誼並不等於同性戀，前者指同性別的人（特指男性）在一個社群裡的互動交誼，可能但未必包含隱晦的性愛。西方文學有兩大源頭：一為希臘羅馬神話，另一為猶太基督傳統；兩者都有歌頌同性情誼的例子。

古希臘的吟遊詩人荷馬（西元前 9–8 世紀）在歌詠特洛伊戰爭的史詩《伊里亞德》(*Iliad*) 中，描述兩位英雄之間動人的情誼。故事是這樣說的：半人半神的阿基里斯 (Achilles) 是希臘聯軍的第一勇士，因與主帥發生衝突，拒絕出征。依照軍律，將軍不肯出征有辱名譽。與他素來友好的年輕戰士佩托克洛斯 (Patroclus)，穿戴阿基里斯的鎧甲上戰場，代他迎敵。敵軍特洛伊的王子赫克特 (Hector) 誤以為他就是阿基里斯，將其殺死。阿基里斯聞噩耗反應激烈，近乎瘋狂，立馬親上戰場，殺了赫克特為友復仇，雖然他明知此舉會招致殺身之禍，但他說：「我愛佩托克洛斯猶如自己的性命。」佩托克洛斯死前曾要求與阿基里斯的屍骨同葬，以誌生死不渝的情誼。兩人年齡雖有一大段的差距，不過英雄惺惺相惜，自古皆然，荷馬著墨於兩人間的兄弟情誼，並無任何浪漫的暗示，但是後世的作家如希臘悲劇家埃斯其勒斯 (Aeschylus, 525–456 BC) 在他現存三部曲的殘卷中，明顯地把這段情誼

浪漫化。根據希臘神話，阿基里斯出生後，仙女母親抓著他的足跟浸入仙河神水，意欲使他長生不死，但偏偏獨漏嬰兒的足跟，留下一個罩門，今人縱使對這段神話典故不詳，但我們以「阿基里斯的足跟」(Achilles' heel) 比喻強者致命的弱點，另外我們足部也留下這個名字，解剖學稱為「阿基里斯腱」(Achilles tendon)，連接小腿肌肉至腳跟之處，是人體最大的肌腱。

　　西元前五世紀的雅典對同性情感有如此的解讀，後世甚至比喻為羅密歐與茱麗葉的男同志版，而《聖經》也有相似的例子——大衛王與約拿單 (Jonathan) 之盟，主要記載於〈撒母耳記上〉(*1 Samuel*) 18–20 章，敘述大衛在掃羅宮廷中的服事，如何與王子約拿單結為至交，兩人間的友誼約發生於940–50 BC。掃羅為以色列第一個國王，少年大衛因打敗巨人歌利亞而崛起，後來征戰殺敵的英勇戰績為眾婦女唱頌，功高震主，掃羅王心生嫉妒，欲置大衛於死地。但是約拿單一向喜愛大衛，尤其敬慕大衛對神的信心，他雖有權繼位，卻寧可放下王子的身分，不惜違抗君父，暗中維護大衛。「約拿單的心與大衛的心深相契合。約拿單愛大衛，如同愛自己的性命」(18 章 1 節；英王詹姆士一世欽定本譯文 "...that the soul of Jonathan was knit with the soul of David, and Jonathan loved him as his own soul.")。後續故事描繪約拿單協助大衛

躲避掃羅的殺害，兩人在田野間立下盟約，約拿單請求大衛：「就是我死後，耶和華從地上剪除你仇敵的時候，你也不可向我家絕了恩惠」（20 章 15 節）。後來掃羅及約拿單父子都為非利士人（古代民族，領土位於今日的加薩走廊及其以北一帶）所殺，大衛做哀歌悼念。他統一以色列後，晚年憶及故人，差人尋到約拿單的兒子米非波設 (Mephibosheth)，因幼年由保母抱著逃避仇敵，不幸摔下，兩腿都瘸。王說：「米非波設必與我同席喫飯，如王的兒子一樣……於是米非波設住在耶路撒冷，常與王同席吃飯。他兩腿都是瘸的」（〈撒母耳記下〉 (2 Samuel)，9 章 11–13 節）。約拿單玉成大衛為王位的繼承人，毫無嫉妒怨恨，反而為他祝福與他結盟，應該是史上第一位「擁王者」(kingmaker)，而大衛不記恨掃羅千方百計的追殺，不忘與故人之盟，施恩於約拿單的子嗣，也是千古典範。約拿單與大衛的年紀相差近三十歲，解經家通常強調兩者在主裡的盟約，但和上述古希臘阿基里斯的故事相仿，後世將這對主裡結盟的刎頸之交穿鑿附會為同性戀的伴侶。

　　古希臘時期的社會習俗允許男性在婚姻之外有親密的同性朋友，兩人之間的結盟或者多人建立一個志同道合的社群，不僅名正言順，而且是社會高層男性特有的權利；古羅馬位高權重的男性，如元老、將軍等，可以擁有年輕男僕貼身伺

候。古希臘羅馬的作品及《聖經》中常見男性好友之間的親密行為，例如擁抱、親吻，甚或同床共眠，不僅為世俗接納，甚至傳為美談。直至十六世紀，莎士比亞在《威尼斯商人》(*The Merchant of Venice*, 1598) 一劇中對同性情誼也多所著墨：中年的威尼斯富商為年輕的好友向猶太人借貸，他風險控管不佳，幾乎喪命，近代劇場則放大檢視其中的曖昧情誼，渲染同性戀色彩。

　　一般認為在西元四世紀之前男性之間的親密相當普遍，直至羅馬帝國的狄奧多西一世 (Theodosius I, 347–395) 明訂基督教為國教，由於基督教的教義禁止同性性行為，同性之間的關係逐漸失去開放或模糊的空間。至於個人的性傾向，過去是很少被探究的問題，而同性戀一詞的明確指涉則是相當晚近的概念，以美國為例，輿論支持同性婚姻是 1970 年代才有的議題。如果溯源到古代的地中海或近東，它真實的面貌非常模糊，而且其中涉及「性愛」成分的跡象甚少，所以不能單純以當今的文化角度詮釋古代的同性知交。

《情慾人生》是莎翁本身的故事？

　　理論上莎翁商籟的主角不必然是他自己，然而由於詩的私密性遠高於小說與戲劇文類，詩作與創作者的關係經常引發聯想，英國廣播公司 (BBC) 製作的電視劇《情慾人生》(*A*

Waste of Shame, 2005) 就在聯想上做了極大的發揮。小說家及劇作家威廉・波爾德 (William Boyd) 接受 BBC 的建議,發揮商籟裡的三角戀關係, 寫莎士比亞與他兩位愛人的戲劇。BBC 根據這本小說製作了九十分鐘的電視劇,劇名取自於詩集第 129 首的第 1 行。這齣關於莎翁生平的戲是一個高度個人化、戲劇化的作品,串聯了詩集中許多的十四行詩,編織(杜撰)莎翁一生罪惡感和懺悔交織的情慾故事。這是一部純屬想像的作品,但是劇中人物的三角慾望與性愛十分動人,故事環繞三個主要的核心人物——莎翁本身,潘柏克伯爵威廉・赫伯,他同時也是美少男身分考據的候選人物之一,還有命名為露西的黑女郎。

另外,以莎翁生平為題材的電影也參考引用十四行詩。《莎翁情史》 是好萊塢編劇家諾曼 (Marc Norman) 與英國劇作家司托普 (Tom Stoppard) 合寫的電影腳本,戲擬莎翁年少輕狂的一段婚外情。劇中的青年莎士比亞遇到創作瓶頸,窮愁潦倒,這是歷代文人墨客的集體夢魘:寂寞、貧寒、文思枯竭。他在生涯的谷底遇見豪門玉女,瞬間情況逆轉;女主角薇兒拉 (Viola) 不但貌美,而且慧眼識人,滿懷對戲劇舞臺的嚮往。落魄詩人邂逅繆思女神,頓時文思泉湧,他給女主角的第一封情書就是第 18 首。

《莎士比亞的最後時光》 (*All Is True*, 2018) 是莎劇王子

肯尼斯‧布雷納 (Kenneth Branagh) 執導、主演的電影,時空設定在 1613 年莎翁從劇場引退,告老還鄉,與此平行發生的事件是他大半生合作的環球劇院卻在演出《亨利八世》時意外引起火災而焚毀。回到故鄉的他面對夫妻關係的冷淡、父女之間的心結,而十一歲早亡的兒子哈姆奈特 (Hamnet) 的鬼魂經常出現,陰影縈繞,虛實之間反射他錯失與兒子相處、沒有趕回家送葬的愧疚,即是心理學上沒有完成的哀悼傷痛 (mourning grief)。對於至親至愛的喪失,我們需要一段時間經歷哀慟,才能處理被撕裂的感覺,逐漸從否定失落到接受現實,最後自我癒合。反之,未曾面對或沒有完成的哀悼將導致生者不能走出哀悼,長久停留在對亡者愧疚自責的狀態,這個主題成為貫穿全戲的主軸,最後夫妻、父女、母女分別和解,選擇共同面對哈姆奈特死亡的事實,各自坦承背負的罪惡感,完成哀悼過程,全劇在莎翁與妻女修補斷裂的關係,達成深度諒解中結束。有趣的是,編劇從這個主題拉出一個看似無關的場景。話說莎翁在日復一日的鬱悶中,突然接到南安普敦伯爵將到訪的消息,喜不自勝。當時十六世紀的人生命週期比現在短很多,兩人相見時自然不再年輕,但不知為何電影版中伯爵的造型比歷史推斷的蒼老太多。這個場景完全聚焦於十四行詩,伯爵念念不忘莎翁為他所作的詩,也對他的戲劇才華表達相惜之情,囑咐他務必繼續創作,莎翁

則向伯爵朗誦第 29 首以酬知音,並藉機傾心吐意,詢問是否彼此情意相通。詎料伯爵斷然回應:以你的身分、地位豈能愛慕我?我今日來探訪的是「詩人」莎士比亞,過去敬愛的也只是「詩人」莎士比亞;斥責他不該有非分之想。不過伯爵臨別前卻回首向莎翁朗誦同一首詩,顯示熟記詩行。他再度強調:我來是為了向「詩人」莎士比亞致敬,現在告別的對象也是「詩人」莎士比亞。這幕臨去前感情的一放一收,似有還無,停格在莎翁目送伯爵離去的背影。

　　電影中伯爵的回覆否定同性戀的可能性,而且強調兩者身分尊卑的差距。值得注意的是,門當戶對在伊莉莎白時期絕對是婚姻的要件,而門第的社會概念也同時框架、限縮同性情誼,不同階層的人難以高攀或低就。回到莎翁詩集的脈絡,詩人角色經常自覺地位卑下,難以攀附出身尊貴的美少男,他欲愛不能,欲捨難捨的矛盾,堆疊出情感的跌宕。從這個角度觀察,《莎士比亞的最後時光》挪用詩集中不能跨越的愛,刻意營造莎翁與伯爵老年相見的場景,使詩人面對面地作赤裸告白,最終才能放下單邊的懸念,一場柏拉圖式的精神戀愛。

　　以上列舉與商籍相關的三部電影,提供我們從編劇家角度,想像為莎翁生平解謎的路徑。作為讀者,我們從詩篇鋪陳的感情世界看見環繞詩人的各種衝突,特別是情愛與慾望

衝突的樣貌。看似純淨的美少男卻有另外面貌，詩人覺察到
少男的兩面性，心中激起很大的悲傷，以致於沮喪、絕望。
然而所有的研究工作也僅是假設與推論，都不足以說明一個
人生，不足以詮釋這本商籟詩集裡的詩人角色，我們最終只
能讓文學作品為自己說話。

跟著莎翁學英語

　　不管你我願不願意，參與國際會議幾乎必用英文，因為英文具備最強的功能性。除了會說英語，你希望增加語言溝通的內涵嗎？莎士比亞的英文距今四個半世紀，在英語發展史上屬於「早期現代英文」(Early Modern English)，他的劇本和詩篇為現代英文注入源泉活水，他的修辭早已成為英語詞庫的一部分：新聞主編下標題經常模仿莎翁句法，作者給新書命名喜歡參考莎翁名言。莎士比亞的英文並不是陽春白雪，在以英語為國際通行語言的當代，他的身影行走在我們當中。你聽過 To be, or not to be, that is the question. 你也聽過「弱者，你的名字是女人」。整夜翻來覆去睡不著，一夜沒闔眼，叫做 Slept not one wink；強調這是我的骨肉至親 My own flesh and blood；雖肉眼未見，卻是心靈所見，我們說 I saw it in my mind's eye。埃及豔后對安東尼提及她與凱撒大帝的一段情，輕描淡寫地說：My salad days, when my judgment was green.（我年少無知的歲月，認知還很青澀。）「沙拉日子」一詞成為蔬果商或素食餐廳的行銷術語。莎士比亞的典故也為後世挪用：猶疑不決的執政者叫做 Hamlet-like；疑神疑鬼，懷疑妻子紅杏出牆的男人罹患 Othello syndrome（奧賽

羅症候群）；羅密歐與茱麗葉是永恆的青春偶像；年長的女性稱呼自己的男朋友 my aging Romeo。莎翁的名句、典故早已是英語中的共同語彙，英國學者說莎翁是他們的「大宗外銷品」，美國人說莎學是「跨國企業」，而且毫不客氣地視為祖傳家業全盤接收。即便在英美之外，莎士比亞也是人類語言的共同資產。

十四行詩的格律

　　英式商籟每行十個音節，節律為抑揚五音步 (iambic pentameter)，每行偶爾出現行尾多出一個輕音節：輕重、輕重、輕重、輕重、輕重（輕）；這個輕音節稱為「陰性韻」(feminine rhyme)，或「弱尾韻」(weak ending rhyme)。詩體結構為：每節四行，共三節；結尾為對偶句。最後兩行的對偶句經常急轉直下，翻轉全詩的邏輯結構，帶出峰迴路轉的一筆驚訝，與前面詩節的論辯形成顯著的反差。甚至有學者指出，收尾的對偶句具有決定性的結論，應該有「警句」(epigram) 的鏗鏘力度。商籟的格律、押韻皆有規範，是定型詩，一般的韻腳是 abab cdcd efef gg。但是格律並非一成不變，輕重音節會有參差，而且少數的詩以重音節起首，傳達沉重的心情。

　　據說抑揚五音步最符合英語文的自然節律，試舉第 18 首

為例，介紹音節的律動。請用手指敲出輕重節律 ba-**BUM**/ba-**BUM**/ba-**BUM**/ba-**BUM**/ba-**BUM**，同時注意粗體標示的韻腳：

Shall I compare thee to a summer's **day**?	a
Thou art more lovely and more temper**ate**:	b
Rough winds do shake the darling buds of **May**,	a
And summer's lease hath all too short a **date**:	b
Sometime too hot the eye of heaven sh**ines**	c
And often is his gold complexion d**immed**,	d
And every fair from fair sometime dec**lines**,	c
By chance, or nature's changing course untr**immed**:	d
But thy eternal summer shall not f**ade**,	e
Nor lose possession of that fair thou **ow'st**	f
Nor shall death brag thou wander'st in his sh**ade**,	e
When in eternal lines to time thou gr**ow'st**.	f
So long as men can live and eyes can s**ee**,	g
So long lives this, and this gives life to th**ee**.	g

中文一字一音節，我以十個字為一行模擬翻譯如下：

我如何能把你比做夏日？
你比它更加可愛而溫婉：
疾風無情擊打五月嬌蕊，
夏季的租期如曇花一現；

有時天庭之眼照耀熾烈，
剎那它的金光轉為陰暗；
一切美好不免凋零消謝，
聽憑機緣或時序的摧殘：

唯君永恆長夏永不凋零，
君之花容青春永駐長存；
死神難誇你徘徊其陰影，
因你定格在永恆的詩文。

但凡世人存氣息鑑文采，
此詩長存君亦與之同在。

大部分的商籟都依照相同格律，但也有幾首詩不規則，例如：
第 99 首有十五行（第 1 行與全詩的結構無關）；第 126 首僅
十二行，由六組對偶句組成；第 145 首不太像商籟，每行僅
八個音節，而且改變為重一輕的節律。有幾首詩在十個音節
之後，加上一個陰性韻，有餘音裊裊之感，如第 20 首全詩都
用陰性韻；第 87 首的前十二行用陰性韻。另外，第 18 首語
氣的停頓正好落在每一行的尾端，稱為「行尾停頓句」
(end-stopped line)；另有「跨行句」(run-on lines) 的例子，如
第 60 首第一節：

> Like as the waves make towards the pebbled shore,
>
> So do our minutes hasten to their end,
>
> Each changing place with that which goes before
>
> In sequence toil all forwards do contend.

第 3 行顯然語意未盡，跨入第 4 行，兩行合成完整的語句，
朗讀時須連成一氣。戲劇裡的「無韻詩」則常見分享行
(shared line)，亦即前後兩人的對話銜接，合為一行，例如
《哈姆雷特》一劇中，下列國王與王后的臺詞，顯示對答的
節拍緊湊，幾乎不留空間：

King. If't be th'afflication of his love or no

　　　That thus he suffers for.

Queen.　　　　　　　　I shall obey you.

國王 到底是不是愛情的煩惱

　　　造成他如此的痛苦。

王后　　　　　　　　我謹從命。　　　　（彭鏡禧譯）

戲劇裡隱藏版的商籟

　　戲劇裡有許多隱藏版的商籟，完整的或半片的。最著名的當屬羅密歐與茱麗葉在舞會邂逅的場景（第一幕第五場；縮寫為 1.5），以「愛人的商籟雙人舞」(lovers' sonnet duet) 聞名，也是《羅茱》芭蕾舞劇裡觀眾期待的亮點。以下引用兩人的對話，以括號標示商籟的形式。

Romeo.

If I profane with my unworthiest hand

This holy shrine, the gentle sin is this:

My lips, two blushing pilgrims, ready stand

To smooth that rough touch with a tender kiss.

[1st quatrain 第一節]

Juliet.

Good pilgrim, you do wrong your hand too much,

Which mannerly devotion shows in this;

For saints have hands that pilgrims' hands do touch,

And palm to palm is holy palmers' kiss.

[2nd quatrain 第二節]

Romeo.

Have not saints lips, and holy palmers too?

Juliet.

Ay, pilgrim, lips that they must use in prayer.

Romeo.

O, then, dear saint, let lips do what hands do;

They pray, grant thou, lest faith turn to despair.

[3rd quatrain 第三節]

Juliet.

Saints do not move, though grant for prayers' sake.

Romeo.

Then move not, while my prayer's effect I take.

[ending couplet 對偶句]

羅密歐

只怕我這凡夫俗子，用我這俗手，

　　褻瀆了天仙的玉手，罪不可恕；

我兩片嘴唇，是信徒，帶愧又含羞，

　　想藉輕柔的一吻，去撫平那粗魯。

茱麗葉

好信徒，別糟蹋你的手，叫自己受委屈，

　　是真心誠意，也應該這樣的致敬：

天仙的手兒本容許信徒來接觸，

　　掌心貼上掌心，是信徒們的親吻。

羅密歐

天仙不是有兩瓣朱唇？信徒不也有？

茱麗葉

　　信徒啊，有嘴唇就該用來念禱告。

羅密歐

好天仙啊，讓嘴唇跟嘴唇，代替手拉手，

　　把敬禮獻上；請允許吧，否則我太苦惱！

茱麗葉

天仙不可遷就，雖說她聽取了，應允了。

羅密歐

那就別動，讓我湊上來，好實現願心了。（方平譯）

　　「舞臺指示」(Stage Direction; SD) 為戲劇史上相當晚近的發展，十九世紀以後的劇本才有的項目，莎翁當代書寫文字靠一支鵝毛削尖，蘸墨水一筆筆寫出，很費心力，所以劇本很精簡，全劇團只有一本完整的手抄本，個別演員的腳本僅含個人的臺詞。這首雙人商籟的結尾對偶句等於現代劇場的 cue 點（提示），提示羅密歐準備動作「親吻她」。舞臺指示 *[Kissing her]* 是後世編者添加的，莎翁手稿或當時的手抄本都不會出現。

　　本劇第二幕的開場也是一首商籟，其他例子包含《亨利五世》 (*Henry V*, 1598–99) 終曲；《結局好萬事好》 (*All's Well that Ends Well*, 1604–05)，另譯為《終成眷屬》海倫娜致伯爵夫人的信；《無事生非》(*Much Ado About Nothing*, 1598) 裡的歡喜冤家畢翠思 (Beatrice) 和班尼迪客 (Benedick)，各自寫了一首商籟；《愛的徒勞》(*Love's Labour's Lost*, 1594–95) 第四幕第三景也有隱藏的商籟。至於半片商籟 (half sonnet)，更是不勝枚舉。看見過去不曾看見的商籟體，辨認完整的或半片的形式，發現它不僅現身於莎翁戲劇的場景，也見於後代文人的詩作。胡適 (1891–1962) 於《留美日記》曾說：「桑納體英文之律詩也，律也者為題材所限制之謂也」。詩人學者余光中 (1928–2017) 也說：「十四行格律嚴謹，篇幅緊湊，音調鏗鏘，氣象高雅，加以文人之間盛行已久，可以和中國的

七言律詩相提並論。李商隱如果生在西方，必定成為十四行的聖手。」這真是行家之言，十四行詩是近代西洋文學最大的詩體，已經融入英詩和其他拉丁語系詩學的長河之中，對詩學修辭技巧的影響廣泛而深遠，它的蹤跡無所不在。

跟讀 (shadow reading)

　　商籟簡短而意義完整，非常適合朗誦與鍛鍊英語表達，朗讀時須注意每一字的輕／重音節以及行尾的押韻。讀詩不必求甚解，也不可能有完全的理解，好比戀愛初期，兩心相悅，必然樂於傾聽，但難免有聽沒懂，然而似懂非懂這個階段最美，因為探索的渴望最飽滿。讀詩就是跟詩人、跟他的文字先談場小戀愛，享受音韻的悅耳，咀嚼詞藻之美，沉浸在音節起伏的律動中。第 18 首的詩體工整，適合初學者啟蒙練習跟讀。

　　2021 年春英國莎劇演員，高齡八十歲的派屈克爵士 (Sir Patrick Stewart) 在社群媒體 Instagram 展開「每日一商籟」(a sonnet a day) 計畫。他朗誦的第一首詩是第 116 首。這首詩頌讚真愛，英語地區的婚禮中經常引用作為愛情的告白。粉絲們在防疫的幽閉中熱烈的呼應爵士的短片，短短四天之內點閱的人次超過四十五萬七千。我也推薦其他的網路影音資源，例如：勞倫斯・奧利佛男爵 (Laurence Olivier, Baron

Olivier, 1907–89)、約翰‧吉爾葛爵士 (Sir John Gielgud, 1904–2000)、茱蒂‧丹契女爵 (Judi Dench, Dame Judith Olivia, 1934–)，這些著名的莎劇演員因精湛的藝術造詣而被女王封爵。

　　跟讀練習可以很有儀式感，首先拜莎翁為師，然後邀請影音資源上莎劇演員等名家輪流做私人教席。請追隨他們的聲音做跟讀：先打開耳朵，在名家朗誦一個音步（輕重兩個音節）之後，亦步亦趨地跟著誦讀。聽比讀更重要，先求正音（每一字的子音、母音、重音要精準），其次模擬音調 (intonation)，最後，透過名家的聲音聲情的演示，揣摩他們對莎籟的詮釋，例如停頓、聲腔、高亢低迴的吐字表情傳遞的詮釋。平時跟他們練習，一舉打磨英文讀與聽的能力。凡事起步艱難，開始總有一段磨合期，要先忍耐看不懂、聽不懂的挫折感，一週兩週後，眼睛、耳朵會自然而然地開竅，不出一個月，必然成為快樂的自主學習者，而且是數位學習者 (digital learner)。無論身在何處，好比通勤或者排隊的時候，隨時隨地都能跟讀練習。學習外語真正的王道是自主學習，每天接觸一點點，積少成多的學習，利用從不離身的手機隨時隨地學習。您或許每天晨起需要一杯咖啡醒腦，下午需要一杯珍奶安撫神經，可以選擇每天用喝它一杯的時間戴上耳機滑手機，傾聽英語世界裡最精華、美好的音律。生活

裡可以有咖啡、奶茶的小確幸，不過搭配一首商籟，日子更滋潤。如此實驗兩三週，習慣成自然，恭喜您，可以開始模擬寫詩了。

破解學習英文的迷思

國人學習英文有幾項迷思，例如：必須面對一個金髮碧眼的母語人士，跟他一對一會話；必須花錢才能學好英文；必須進美語補習班。如果有此執念，這帖藥方包管藥到病除；莎翁是英國人中的英國人，而這些莎劇名家是當今字正腔圓的人。另外的迷思：總是擔心英文字彙不夠，認為只有累積到足夠的字彙量才可以讀進階的材料、英文原典。讀者進入十四行詩會發現字彙果然不夠用，但是透過賞析、解釋、說明，可以拾階而上，超越自己的程度。關於說話速度也是一項迷思，以為說話速度快就代表英文好。其實做跟讀練習的模擬就能有效地改善我們的語速，而且掌握快慢、輕重，因為英文是一個有輕重音的語言。

我們觀察兒童語言發展建構過程，可以得知小孩並不會分辨一個字、一個詞的難易度，通常也不會挑三揀四，刻意排除困難的字，而是因這個字出現的頻率多寡而有接觸的深淺之別。第二外語習得的專家舉例：英文的電視機(television) 是一個很長的字，並不容易拼，但是兒童很早就

認識這字，因為它頻繁出現於日常家庭生活的語境中。回頭
檢視我們中文或方言的學習過程，兒童自幼習得華人家庭文
化的各項稱謂：爺爺、奶奶、阿公、阿嬤、伯伯、叔叔、阿
姨、嬸嬸、舅公、姑婆等等，如此複雜的倫理脈絡對於西方
人而言，分辨困難，華人則毫無問題。進一步檢視學校教育
中文的養成，目前三、四十歲及之前的世代，國文課本出現
的文言文比例不小，也穿插詩詞的介紹。人在年少時的記憶
力特別好，可以很自然的吸收詩詞的語彙。雖然那時對這個
世界的了解還很稚嫩，記下的詩詞歌賦，多半並不是因為瞭
解其中的意涵，而是因為聲韻迷人，如喜歡歌曲一般，自然
容易朗朗上口，例如李白的〈長恨歌〉、杜甫的〈秋興〉、蘇
軾的〈赤壁賦〉。著名的人文經典論述學者洛斯本 (Martha C.
Nussbaum) 指出：

> 公民想像力的基礎必須及早扎根。兒童開始探索故事、
> 韻律、歌謠，特別在他們信賴的成人陪伴之中，經引
> 導而認識其他的夥伴，培養敏銳的感知，同理他人的
> 疾苦……古典希臘文化即因注重年輕人的道德教育而
> 賦予希臘悲劇極重要的地位。(*Cultivating Humanity: A
> classical defense of reform in liberal education*, 1977)

兒少時期儲蓄下詩歌的語言，這筆存款對後來的語感很有幫助。因為年長以後，每遇到類似的情境、深刻的感動，心中往往浮現一個文字的意象，如聞空谷足音，可以確知自己並不孤獨，喜怒憂思悲恐驚的七情皆有人間知音。在人類語言當中，詩歌極有價值，不但滿足我們情感上的需求，也能作為語言學習的出發點。儘管成年的學習者已不能回到母語的起初點，但可以拋開成人偏見，在英文的語境裡給自己創造一個兒童的學習心態，從十四行詩著手，無需計較它的難易度，而是單純的與詩共舞，在愉悅的氣氛中自發、自主地學習語言。

　　如詩如歌的語言含「金」量不可低估，可以創造附加價值。2000 年王文華的《蛋白質女孩》紅遍兩岸，他以白話文上韻的文體描寫都會男女愛情，詼諧模擬兵家的攻防戰略。上韻的白話文俗稱「韻白」，常見於傳統戲曲的丑角插科打諢的語言，而菜市場、夜市叫賣的小販往往具有這樣的語言功力，他們行銷的腳本逗趣，還帶押韻，渾然天成。類似打油詩的俗文體從舞臺、市場搬到紙上，王文華創造都會書寫的另類文體，俗而有力。歷代流行歌曲留下的經典也常見有韻味的歌詞，臺灣當代可舉周杰倫作曲，方文山填詞的〈青花瓷〉和〈蘭亭序〉為例。前者多次出現於中國大陸的中學和高考國文試題 ； 後者在中國央視 2011 年春晚聯歡會獲得佳

評。歌詞靈感得自於王羲之書法題序——有天下第一行書美稱的〈蘭亭集序〉，可惜真跡失傳，唐代臨摹補遺。這首歌的填詞人以書法的臨摹、拓碑為依託，移植到美人身上。臨，把作品放在眼前，對著它寫或畫；摹，用薄紙（絹）蒙在原作上面寫或畫；拓碑，則屬技術工作，以棉（宣）紙溼敷碑上、輕捶而複製碑文。總之，三者都是模仿、描摹的功夫。歌詞云：「蘭亭臨帖，行書如行雲流水」，以現代白話文的韻詩體，譜出有韻味、容易上口，外加一點纏綿古風的現代歌曲，這是如詩如歌的語言創造出的複合效果。歌詞又說：「千年碑易拓，卻難拓你的美」，竟有刻骨銘心之感。我在一場素人書法展偶然看見長幅行書上的文字，驚訝這文白揉合的歌詞竟出自一位臺灣藍領家庭出身的填詞家，抒情手法頗似莎翁商籟：詩人對愛慕的人凝視，臨摹千遍，總覺得手中的一管鵝毛筆描不盡、畫不成他的美。流行文化來來去去，同樣的手法不可複製，因為流行總會過去，但是可以套用的是這樣的途徑，語料的變化技巧。白話文發展了一百年，是時候再回到前代詩詞曲找尋靈感。詞是白描文字，曲是通俗文學，在它們的時代原都是清楚易解，市井小民都懂的口語白話。例如五代馮延巳的〈長命女〉：「春日宴，綠酒一杯歌一遍。再拜陳三願：一願郎君千歲，二願妾身常健，三願如同樑上燕，歲歲長相見。」這是古代版的「那卡西」（一種流行於日

本、臺灣的走唱文化），雖是文人的歌詞，卻是酒女的心聲，一千多年後仍然可以引起同頻結合。莎翁商籟也有不少口語化的詩行，稍微參考注解，解鎖語言的密碼，就能發現心意相通的知己。

每日一首商籟

熟悉商籟格式後，我們不妨擬定一個目標，跟著莎翁學英文，從被動型的學習 (passive learning) 逐步趨近創造型的學習 (productive learning)。建議的執行方式如下：

1. 以零碎時間累積英語資產：增強語言的記憶在於接觸的「頻率」，而「量」的多寡倒是其次。例如：決定每週以五十分鐘拜莎翁為師學英語，時間的分配可為十分鐘乘以五天，兩天休息（可以是週末，或是藍色星期一搭配期待假日的週五）。如果一週僅花三十分鐘，六分鐘乘以五天也很好。和運動健身一樣，以有限的時間達到高效率的關鍵在於規律和頻率。

2. 每日跟讀一首商籟：利用網路資源每天抽出幾分鐘做跟讀，融入輕重五音步的節奏，反覆朗誦、享受同一首直到自覺熟悉後，進入另一首。其次，也可檢索為商籟而作的譜曲，無論試圖還原、模仿伊莉莎白時期的歌謠風，或者當今的現代曲風，都有不少令人驚豔的佳作，偶爾以吟唱代替閱

讀，也是生活的調劑。

3. 錄音：跟讀熟悉後，錄下自己的朗讀聲音，與名家的朗誦比對，首先校正錯誤的發音，接著進階練習模仿語調。對於錄音檔我們可能有兩種極端反應：一是彷彿看到照妖鏡，覺得自己的發音、語調都不堪聽。另一是自我感覺良好，愛上自己的聲音。這兩種反應都屬學習過程的正常現象，前者有助於自我校正，後者有助於建立自信。學習總是在自省與自信之間保持矛盾的平衡。

4. 選擇一首商籟，精讀、細讀後，改寫為半片商籟 (half sonnet)，亦即濃縮原詩成為一節＋對偶句，共計六行的小詩。天下文章一大抄，鼓勵回收使用莎翁原詩的修辭，猶如書法的臨摹，從模仿中趨近心儀的範例。

5. 翻譯商籟為中文：詩、詞、曲、新詩體皆宜，試著自己翻譯，享受朗讀與習作之樂，逐步攻克語言的關卡。

　　稍前我建議讀者：「一支手機一個人，一杯珍奶一首詩」，但要提醒的是，自主學習者首先需要自律才可能成功，現在談談使用手機、筆電的節制。無限瀏覽 (infinite browsing) 模式幾乎成為生活的常態，我有太多這樣的經驗，網路一入深似海，或滑手機或滑動游標，忘了我是誰，忘了剛才想要做什麼。本來明明有一個特定的搜尋目標，但不知不覺誤入無限瀏覽，太多的選項綁架我的時間，綁架我專注的能力，幾

十分鐘的時間不翼而飛，手邊待了結的案件已經逼近期限，是誰偷走了我的時間？手遊打發時間也同樣有綁架的效應。我分裂成兩半：悔恨交加的「本我」(Id) 對一心向上的「超我」(Superego) 不停懺悔。理性的超我告訴隨興的本我，專注力決定績效。然而，立志行善由得我，行出來由不得我。失敗得出的結論是：如果我們決定執行「每日一首商籟」計畫，需要和自己立約，臣服於超我的管轄：聚焦於搜尋標的，此刻的十分鐘完全專注聆聽商籟，做好做滿這件事。鎖定目標，一天投入十分鐘，切莫放縱於漫無目的無限瀏覽。

作為英語學習者，我們首要目標是把莎翁的詞藻、文采內化，收進記憶庫裡，無論用以申述理念或抒發感情，可以隨時活用，不至於詞窮，假以時日，進步的奇妙絕對超出想像。透過詩人角色我們也可捕捉莎翁對於情感、他人以及周遭環境的感知。我個人在教學相長的旅程中，與學生們勾勒出這幅願景引領前行：與莎翁同行，信步海灘邊，聆聽他的心言，雖是異國語言卻不違和，與莎士比亞建立個人關係。我盼望讀者也與莎翁建立這樣的信賴和友誼。

舞臺的眾聲喧嘩 vs. 商籟詩集的單音

泰特羅 (Anthony Tatlow) 說：「任何一個與莎翁文本的際會必然都是跨文化的投資。」在英語為外語的情境裡研讀莎

士比亞必然是一項跨文化的投資，而絕大部分的人與莎翁的相遇是從戲劇開始， 名劇如 《哈姆雷特》、《埃及豔后》(*Antony and Cleopatra*, 1606–07)、《仲夏夜之夢》、《羅密歐與茱麗葉》都是我們熟悉的故事。我自學生時代開始直到執教，經過多方的摸索，嘗試瞭解莎士比亞的語言，舞臺上的人物，從伊阿谷 (Iago) 到普洛佩羅 (Prospero)；想像娥菲麗 (Ophelia) 在隨水沉落那一刻心中的殘念；以佛洛伊德精神分析的視角瞭解「奧賽羅症候群」。但是即使沒有語言和文化的隔閡，掌握他戲劇裡形色各異的角色也絕非易事。我開始認真思考如何能藉著自身的經驗幫助學生挪去求學路上的障礙，而實驗另類方法——繞道轉進莎翁的商籟。

相較於莎劇舞臺的眾聲喧嘩，商籟詩集只有詩人單一的聲音，人物僅止四人。戲精如莎士比亞，他在詩串的佈局裡上演小劇場，大部分是詩人角色的獨白，他說的故事雖然輪廓模糊，但是另外二個愛人角色浮現，栩栩如生。中年詩人抒發私領域裡赤裸的感受：愛與愁，流光與變遷，美麗與凋殘，羞辱與頹喪，甚至宣洩放浪形骸，雲雨悲歡的感官際遇。每一種情動 (affect) 都是一般人能和自身經驗呼應連結的。如果莎翁戲劇是一個國際大都會，一塊吸引各行各業進駐的磁石，他的商籟詩串好比一條鄉間小道，親切卻不單調。每一首詩可以獨立自成一局，四百年來逐行逐句的閱讀，帶給讀

者極大的愉悅。基於這個原因，我們不需對商籟詩集驟下定論，而是透過詩人的視角觀看他情感的投射，對生命的自覺、自省。著名的莎劇演員約翰森・愛斯坦 (Jonathan Epstein) 說：「透過十四行詩我們體驗詩人現身說話。即使是世間最善於表達的人也不一定能觸摸到自我情感的真相。」莎翁詩集可貴之處在此，詩中的主人翁並不等同於莎翁本人，而是他筆下創造的「角色」，但此一角色與莎翁的距離似遠又近。這部詩集可視為詩人角色的日誌，他自述如何與內在情慾爭戰與外在環境搏鬥，如何與人生這項大課題進行一連串的對話。如此閱讀，詩集成為饒富趣味又能實際應用的指南，透過詩集我們不但能觀察人性的情感光譜，也能穿越時空、文化的隔閡與莎翁際會。商籟詩串很可能成為一個通關密碼，幫助我們解鎖龐大的戲劇文本，甚至理解人生。

與莎翁同行的範例

　　南非共和國的第一位黑人總統曼德拉 (Nelson Mandela, 1918–2013) 認為教育是改變世界最強而有力的方法。上個世紀南非黑人的識字率僅有一成，曼德拉呼籲：閱讀書寫的能力就是教育的房角石，他堅信：「人無語言，無法與別人對話或瞭解別人；無法參與他人的希望與嚮往或他們的歷史，也不能欣賞他們的詩歌。」關於曼德拉激勵人心的一生，其中

有則小故事鮮為人知。2016 年全球紀念莎翁去世四百週年，英國的《衛報》(*Guardian*) 登載一篇文章〈莎士比亞改變世界的十個面向〉，其中有一則故事：

> 2012 年大英圖書館展示一本罕見的書，吸引媒體關注，報導的聲量不下於古騰堡活字印刷的《聖經》。這本書不過是大量印刷，平淡無奇的普及版，卻是曼德拉曾經持有的書，裡面充滿了他的筆跡註記，曼德拉放在床邊逾二十年，支撐他度過牢獄中陰暗的歲月。他經常大聲朗誦給同間的獄友聽。

這書並不是宗教經文，而是《莎士比亞全集》。曼德拉的絕大部分聽眾都不識字，但是莎士比亞卻在他們之間自然地流動。誰能相信莎翁曾經陪伴、支撐曼德拉牢籠中的煎熬？這分關係是如此的沉靜甘甜，猶如空谷足音劃破死寂。曼德拉出生於南非東部地區的一個酋長家庭，與英國的地理位置相距六千英里，英文從來不是他的母語，然而論及《莎士比亞全集》，他說：「莎士比亞總是有話對你我說。」我甚願重複傳講這個軼事：關於兩條生命的平行線跨文化之旅，中間存在巨大的語言落差和地理隔閡，因緣際會而成為雙向交流道：患難的靈魂在莎翁文本中找到慰藉，而莎翁也因為這位隔世

的知音，從灰燼中復活。

莎翁文本屬於你與我

　　不久前我在網飛 (Netflix) 看了一齣影集《叫我系主任》
(*The Chair*)，背景設定在美國東部一所虛擬長春藤大學的英
文系，其中有一幕令人感動。一位明星級的教授不慎捲入學
生抗議風波而遭停職處分，在院方舉辦的申訴會上，他並沒
有捍衛自己的權利，反而做了一段看似不著邊際的獨白。他
說：

> 作為一名英文教師，你必須喜愛故事，喜愛文學。你
> 永遠要從另外一個人的角度看待事情，設身處地，換
> 位思考。當你處在故事的進行式，儘管我們深陷實際
> 人生的困境，前面總有無盡的可能性展開。

他如此描述我們與文本，與詩的關係：

> 文本是活的存在，是一首雙人舞曲，一場與你持續進
> 行的對話。你或許喜愛一首詩如此之深，每一遍閱讀
> 開啟新的對話，生命被觸動；這是難以描述但又忠實
> 的關係。

活的文本屬於你我他，是每一個人的資產。敞開心扉與它對談，作品有江河的生命湧流。這是曼德拉與《莎士比亞全集》交互的見證，如同第 18 首中詩人對他深愛的對象宣告：詩文能夠超越夏日的租期，令其生命不朽。但詩人只說對了一半：不朽的是作品本身，而非美少男；詩人對於夏日美好的描繪吸引我們回應。文本之所以長存是因為歷世歷代的人繼續地閱讀，只要有人活著，有眼可看 ("So long as men can breathe or eyes can see")。

　　邁入二十一世紀三〇年代，面對數位化、全球化各種劇烈的變遷，我們不禁擔憂：人文教育有沒有為 Z 世代的學生，所謂「天然數位人」在學校裡奠定核心技能的裝備，培養成熟而豐富的心智？我們面對科技當道、網路成癮的氛圍，有關美善、同情、同感的感受能力遲鈍化，去人性化 (dehumanization)，虛擬世界的犯罪與暴力等社會問題。韓劇《魷魚遊戲》挖掘貧富差距，人吃人的殘酷現實，借用蒼蠅嗜血的暴力美典包裝，放大、深化為生存競爭模式。「一二三木頭人」、「拔河」等兒童遊戲成為搏命玩家以死淘汰的譬喻，2021 年 9 月網飛全球上線以來引起火紅的回應，締造網飛史上最多觀眾、最受歡迎的影集記錄。從古羅馬競技場人命如草芥的肉搏暴力，到二十世紀小說《蒼蠅王》(*Lord of the Flies*, 1954) 兩度翻拍為電影，暴力美學從來都與人類文化同

在，然而像《魷魚遊戲》在短短九個月觸及這麼大量的觀眾，恐怕史無前例，美典的板塊挪移可見一斑。2022 年 6 月網飛宣布籌拍第二季，有感於「魷魚遊戲」的暴紅，我認真思考「文字遊戲」有沒有可能重回美典的舞臺，藉著莎翁經典我們是否能把感官的暴力刺激釋放出一小塊，導向撫慰人心的美學？休閒娛樂如飲食，過度耽溺或偏廢某一類，可能使胃口窄化、鈍化；平衡酸甜苦辣辛，可以兼得眾味之美。我邀請讀者走入 「文字遊戲」 (play with words)，成為文字的玩家，藉著每天跟讀一首商籟刺激對英文的語感，激活聽力與閱讀力，漸漸地，口說與寫作的味覺必然較為敏銳。

　　莎翁是一面稜鏡，對每一位讀者折射不同的色彩，我們從中獲取屬於個人的潛文本。莎士比亞早已是全球文化遺產，我們與他同行就能取得跨文化的繼承人身分。但是與莎翁的因緣際會能帶給我們什麼好處呢？我想到一則趣事。1882 年尼采 (Friedrich Nietzsche, 1844–1900) 獲得一個嶄新的書寫工具，一臺打字機。有位作曲家朋友注意到尼采書寫風格從此有著微妙的改變，對於朋友入微的觀察，尼采如此回應：「我們的書寫工具也參與了我們的思考。」如果書寫工具，一支筆，一張紙，上個世紀的打字機，今天的筆記型電腦，以及每樣工具本身的質感都間接參與、形塑我們的思考，設想我們經常接觸莎士比亞，豈非引發更大的形塑力？敘事學

包含許多成分：聲音（節奏與押韻），視覺（形、色、意象），修辭，情感，哲理等方面。經過細嚼慢嚥，學他敏銳的覺察力；模擬他的修辭技巧，罵人不帶髒字，我們在英文學習的旅程中自然脫胎換骨，進入豐富的莎式詞庫，以後可以挪移到自己的裝備。

十四行詩的華文轉身

　　在兩種截然不同的語境裡如何轉換、演繹十四行詩？譯者如何維持詩句翻譯的押韻和意義之間的平衡？換句話說，怎麼打通中、英文的任督二脈？內容與形式之間，作家永遠都在找尋一個平衡點，有時候這邊犧牲一分，有時候那邊妥協一點，以求不失去任一方精髓的平衡。翻譯家更有身不由己的難處：他應該做使命必達的傳遞者或是重新演繹的創作者？他必須選擇何時保留原著的「原汁原味」，何時馴化、漢化那些不好消化的洋腔洋調。根據郝田虎教授的研究，過去一個世紀的莎翁商籟大約出現三十八個中文全譯本 (Hao, Tianhu. "The Reading, Translation, and Rewriting of Shakespeare's Sonnets in China." *Style* 56.4. 2022)。最早的莎翁商籟可以回溯到白話文運動的大推手胡適，他在《留美日記》1911 年 7 月 11 日記載一首悼亡詩〈哭樂亭詩〉，開始四句的內容明顯脫胎於商籟第 60 首的第一節，韻腳則與 a b a b 有出入：

　　　　人生驅其終，a
　　　　有如潮趕岸：b

前濤接後瀾，b
始昏倏已旦。b

胡適此詩寫於就讀康乃爾大學期間，由於僅有一節，連半片商籟的體制都不夠，但它的歷史意義遠大於翻譯的實務工作。據知，這個片段翻譯是莎翁商籟的華文轉身的第一聲，將近四十年之後，第一個全譯本，屠岸 (1923–2017) 的翻譯全集於 1950 年首度問世。

　　至於商籟的零星翻譯，估計成千上萬，無論出自名家或素人，所有的努力都指向一途：尋找一種華文語境裡不存在的英式商籟。

十四行詩的漢語知音

　　二十世紀二〇年代的中國興起新文化運動，反映知識分子面對時代巨變的集體焦慮。他們呼籲社會、政治、文化層面的革新，其中一項求變訴求是白話文的推廣，引發文學形式上尋找新的審美觀，拋棄五七絕律的舊詩歌格律的束縛，以自由的形式，抒發時代的心聲。當時十四行詩對於新月派詩人有很大的啟發，文人仕子不僅嘗試翻譯十四行詩，而且模擬義大利體及英體格律，作為新詩創作的靈感。sonnet 的譯名從「十四行詩」、「桑納」（胡適的翻譯），逐漸定名為「商

籟」。商,中國傳統五音之一;籟,樂器名。這是一個兼容音與意的譯名,有天籟之音的聯想。從引介到模擬,中國新月派詩人建構新的詩學,討論形式、節奏、題材、音樂性等美學價值。

胡適《留美日記》裡就有四首英文的十四行詩,他並且將兩首翻譯成中文。1914 年 12 月 22 日這樣記錄:A Sonnet on the Tenth Anniversary of Cornell Cosmopolitan Club 康乃爾大學的國際學生會十週年慶,並註記:「一夜未寢,作詩以祝之」。言為心聲,可見當時適之先生追求域外詩言的殷切。此詩中文如下:

> 「讓這裡開始一種兄弟的情愛
> 西方與東方將在這裡自由相會
> 人與人像人一般致敬,無分尊卑
> 相互瞭解、相互友愛是我們的安排。」

> 締造者說。於是我們開始工作
> 這裡可不是安排舞會和飲宴的場所。
> 不!它要我們都做發麵包的酵母,
> 將這世界發酵,充當人類的先鋒。

> 若問我十年來做了些什麼?

甚少，不如一顆將大海弄鹹的鹽粒
但我們心懷心念，那一天定將來到
今日的夢想在那一天將不再是夢想，
　所有的繆斯將擊節歡唱！
　「人類定將凌駕萬國之上！」

新月詩派出現於一九二〇年代的後半葉，新文學已經進入後五四的時代，打破傳統之後，最重要的問題就是如何現代化，如何推陳出新。徐志摩 (1897–1931)、聞一多 (1899–1946) 等代表人物大多有留美、留歐經驗，向西方取經，從十四行詩汲取靈感是其中一例。值得注意的是新式美典的建立，例如：聞一多提出格律可從視覺與聽覺兩方面觀察，文學是占時間又占空間的藝術，因此文字在空間裡的安排傳遞重要的意象，所以詩的美學涵蓋音節、音樂之美；漢字結構具有的繪畫之美，並且還有建築的結構之美，如每節、每句的勻稱和均齊。

　　回顧過去百年華語的文學變遷，我想到美國著名的文學批評家哈洛・布洛姆 (Harold Bloom, 1930–2019) 在《影響的焦慮》(*Anxiety of Influence*, 1973) 一書提出的奇異論點：後人模仿前人，往往不是模仿直系尊親（文學史的主流或巨人），而是經常模仿叔父（小眾、二流文學作品），甚至仿效毫無血緣關係的異文化作家，後者可以比喻為「認賊作父」。這當然

是誇張的說法，形容世代交替有其不能突破的焦慮、鬱悶，而寧可向外發展，開闢一條全新的路。借用這個觀點看一百年前的新文學運動以及新月派詩人，他們向西洋取經，觀察汲取商籟養分的案例，或許可以描繪文學傳承、傳播的活潑樣貌，包含認蠻夷作父。

尋找這個時代的商籟聲音

　　每個時代有屬於自己的聲音，自己的表意詞彙。上個世紀的中國文人對曾經流行於歐洲的十四行詩做出回應，以華語演繹商籟體，展現一種新的詩歌體，新的語言。二十一世紀的我們呢？我帶著尋訪的心情，在「第三部分」，以櫥窗展示華文轉身的許多可能性。首先節選五位全譯本的前輩譯家，向他們緬懷致敬：屠岸（1950；2000：貓頭鷹出版社；承先生的女公子章燕教授親自授權）、虞爾昌（1966：世界書局）、梁宗岱（1978：〔北京〕人民文學出版社，2020；1992：純文學出版社；〔上海〕上海九久讀書人）、陳次雲（〈莎士比亞商籟體〉《中外文學》1991.3–1992.1）。另外羅列我們這個時代翻譯的樣貌。我在蒐集樣本的過程，多得兩岸師友幫助，有些授權引用他們發表的譯作：彭鏡禧教授、辜正坤教授（全譯本，〔臺北〕：書林公司授權，2006）、黃必康教授（仿詞全譯本，〔北京〕：外語教學與研究出版社，2017）、林璄南教

授。還有些應我邀請，在研究著述的夾縫中，慨然相助：陳芳教授、洪國賓老師、蔡榮裕醫師、代雲芳教授。Last but not least （引莎翁詞彙）　我的學生小友，我與他們利用 Google 線上文件編輯器，一起寫「十四行詩共筆」(2021)，累積五十多頁。由於課程開設在外文系，雖有不少外系學生選修，仍然要求以現代英文注解、譯詩，以及操練商籟創作，記錄生活有感，他們的習作大部分以英文寫成。「小雀欣得友，喜躍最高枝」，小友們平均年齡二十一歲，如雲雀一般，以詩歌唱和，彼此呼應。對我而言，年輕世代的聲音似一朵青雲剛出岫，清新可喜。我選錄一些他們的翻譯，以誌師生相遇之緣。

第二部分
商籟釋義

莎語解密

第二人稱單數 (2nd person singular)

主　詞	所有格	受詞
thou 你	thy（father 子音起首） thine（eye, aid 母音起首） *followed by a word beginning with a vowel a, e, i, o, u	thee
you 您 *often refers to people of a higher rank	your	you

第二、第三人稱單數動詞變化

第二人稱單數動詞 (2nd person singular)	第三人稱單數動詞 (3rd person singular)
thou art = you are thou dost = you do thou hast = you have thou mayst = you may	he/it hath = has he/it gazeth = gazes
thou growest = you grow thou wander'st = you wander	he ↔ it 兩者互通，詩歌裡多以 he 指人也指物

縮寫 (contraction)：通常省略母音 /e/、/i/

原　文	縮　寫
the	th'
The expense	Th'expense
It is	'Tis
As betwixt (between)	As 'twixt
bettering	Bett'rting
Overcharged	O'ercharged（省略子音 /v/）

詩 (poetry) 不同的代稱

原　文	中　譯
verse	詩
line	詩行
metre (meter)	節律
rhyme	押韻

詩學修辭懶人包

押首韻 (alliteration)

以相同字母起首的字放在同一句。

〔例〕 like old men of less truth than tongue; I all alone beweep
　　　my outcast state.

這是中世紀英詩普遍的押韻法，雖退流行，但已內化為英語
音韻的特質。

重複使用同一個字或詞 (anaphora)

增強語氣的力度或節奏感。

〔例〕 The earth can have but earth...; thought kills me that I am
　　　not thought.

史上著名的範例是金恩博士 (Martin Luther King Jr., 1929–
1968) 的演講〈我有一個夢想〉(*I Have a Dream*, 1963)。他描
述對黑人與白人有一天能和平共處且地位平等的願景，重複
以「我有一個夢想」起頭，描繪夢想的種種細節，至為感人。

相同兩字反轉順序 (chiasmus)

〔例〕Increasing store with loss and loss with store.

模擬潮起潮落，海陸消長的動態。

倒裝句 (inverted sentence)

為了諧韻、強調重點或豐富句構的變化，詩句常用倒裝語法，還原句子的結構就容易理解。

〔例〕From the fairest creatures we desire to increase

We desire to increase from the fairest creatures

矛盾修飾語 (oxymoron)

把意義相斥的兩字連結在一起。

〔例〕tender churl（年輕的怪老頭）

〔例〕sightless view（看不見之景）

語意似非而是 (paradox)

〔例〕master-mistress

這個複合詞的組合，傳達少男的雙性氣質。

同字根的重複 (polyptoton)

相同的字根以不同詞性或字尾變化在同一句重複。

〔例〕 in fresh numbers (n.) number (v.) all your graces.

〔例〕 love is not love which alters (v.) when it alteration (n.) finds.

雙關語 (pun)

同一字指涉兩種以上的意義。

〔例〕 Farewell, thou art too dear for my possessing.

dear 有雙重意義，「親愛的」以及「昂貴的」；前者令詩人捨不得放下，後者令詩人擔負不起。

設問、反問 (rhetorical question)

形式上是疑問句，但是問者並不期待回答，因為是無疑而問或早已有預設的答案。

〔例〕 詩人提問 ： Shall I compare thee to a summer's day? (S18)

詩人已預設答案，愛人之美遠勝夏日時光。

〔例〕 For how do I hold thee but by thy granting... (S87)

「若非你許可，我如何將你占據？」這是無疑而問。

跨行句 (run-on line) vs. 行尾停頓句 (end-stopped line)

詩句語氣的停頓有時正好落在某一行的尾端，稱為行尾停頓句，但句構經常延伸至下一行，語意才完整，即是跨行句。

〔例〕

> Like as the waves make towards the pebbled shore,
>
> So do our minutes hasten to their end,
>
> Each changing place with that which goes before
>
> In sequence toil all forwards do contend.

前兩行在行尾停頓，後三、四行是跨行句，語意連貫。

明喻 vs. 暗喻 (simile vs. metaphor)

比喻、譬喻有明暗之別，前者通常的結構為 A is as/like B（A 像 B）。

〔例〕your worth wide as the ocean (S80)

但大部分的比喻手法為把 A 融入 B，結構為 A = B，稱為暗喻。

〔例〕蘇格蘭名謠兩種版本比較：My love is (like) a red, red rose.

有 like（我的愛像一朵紅紅玫瑰）是明喻；沒有 like 是暗喻（我的愛是一朵紅紅玫瑰）。

以部分代整體 (synecdoche)

〔例〕 this line = this poem

以一行詩代表全詩 (S74)；以帆 (sail) 代替整艘船 (S80)。

壓抑法 (understatement)

以舉重若輕的手法描述事物，看似雲淡風清但沉重若隱若現。

〔例〕 And like enough thou know'st thy estimate (S86)

「想必你也自知身價不斐」，詩人以略帶嘲諷的口吻輕描淡寫與好友之間的裂痕，卻難掩落寞。

選注説明

筆者多年來一直有莎學普及化的心願，希望把莎言莎語做淺白的介紹，使和我一樣中文母語的讀者，可以透過導讀，親炙文學史上「含金量」特高的作品。由於我們與莎翁相隔了四個半世紀，文化和語境的差異都有待克服。建議讀者初讀之時，先上網找到影音資源，聽兩三遍，此時不妨把手放在左側胸膛，感受心跳的節奏，ba-**BUM**/ba-**BUM**/ba-**BUM**/ba-**BUM**/ba-**BUM**，這就是抑揚五音步的節律。可選不同名家、演員的版本，多聽幾回，逐漸與韻律、節奏對位。初期不必要求瞭解，等些時候聽覺和視覺都會自然啟蒙，再參考注解閱讀原詩，欣賞原文的韻味。如果親子或師生的組合，陪伴兒童共讀，則不需理會詩的意義，單純地讓兒童聆聽英文自然的節律，效果勝於唱兒歌學英語。道理很簡單，以莎翁為師，可以及早豐富語感。

以下的選注，依照莎翁商籟全集首度問世的版本（1609年的四開本）順序，選擇較有代表性的作品，呈現不同主題的面貌。每首體例為：

1.**本詩大意**
2.**英文原詩**

1609 年版的標點符號非常凌亂，而且伊莉莎白時期英文的拼音尚未穩定，後世的編輯者和注解家大多根據自己的瞭解編修拼音和標點。我主要根據的版本有二：美式的是 *The Riverside Shakespeare* (ed. G. Blakemore Evans, 1997)，此本多保留莎翁拼音原貌；英式的是 David West 的箋註本 *Shakespeare's Sonnets with a New Commentary* (2007)，此本的詩文改為現代英式拼音。我以美式版為主，以英式版為輔，斟酌標點符號。

3. 釋義

首綴本詩大意，其次按分節、行數做注解，幫助讀者瞭解每一句的語意；解析典故，從而提高閱讀西洋經典的能力。少數幾首詩以較長篇幅介紹歷史原由，注解或許冗長，的確有我個人任性的成分，懇請讀者原諒一個教書匠「好為人師」之癖。另外，我試圖把個別商籟放在詩集的大敘述 (grand narrative) 中，與前後鄰近的詩銜接，勾勒故事的輪廓。但是每一首詩都可以獨立閱讀，不需要與詩集綁在一起，讀者無妨任選一首，試想「雲中誰寄錦書來？」箋上或許字字芷蘭，或許滿腔愁怨，等待有心人展讀。這樣隨意自由的讀法，少些學術負擔，也頗為可取。

4. 翻譯

每首詩羅列一或二篇翻譯，作品取樣橫跨七十年的漢語翻

譯。大部分譯作採用散文詩的形式，模擬英式商籟格式押尾韻。散文詩至今仍是商籟漢譯的主流模式，這類譯法比較貼近原意。小部分選錄的翻譯從中文古典詩歌借體，包含擬《詩經》體、仿詞體、變換五言七言律詩體。王國維說：「詩之境闊，詞之言長」，意即詩所能表現的題材寬闊，適合言志；詞重寄託，適合抒情詠物。譯者從商榷漢語詩詞舊體入手，試圖迻譯莎翁的文情韻味，但不免距離逐字逐句的信實較遠。另外還有少許例子以二十一世紀的當代語彙，借題發揮，另做題解式的新詩，可以視為今人對莎翁商籟更大幅度的挪用。

　　譯者分屬不同世代，理念各不相同，因此呈現很大的差異。大致上，各家必須在「直譯」與「意譯」之間作取捨，形式和內容之間求平衡。我有幸拜讀這些譯作，借眾人成果做出一面展示窗，提供讀者瀏覽，從中汲取靈感，創造屬於您的詩文。

愛的詩劇
(A Verse Drama of Love)

I. S1–S126「美少男詩串」(Fair Youth sequence)

1. S1–S17：序曲

前十七首 「繁衍商籟」 (the procreation sonnets) 開啟序曲，以勸婚與繁衍的主題貫穿其中。詩人扮演一名說客的角色，對少男曉以大義：繁衍後嗣不只為延續家族的血脈和名聲，更可以保存個人美好的素質。S17 詩人把貴族的血脈綿延和自己詩文的不朽性 (immortality) 連結，埋下個人情愫的伏筆。

2. S18–S126：一齣不連貫的戲劇

莎翁寫商籟的全盛時期推估介於 1592–94 年之間，約在三十歲前；商籟全集問世時，莎翁已四十五歲。十六世紀英國人的壽命遠低於今日；嬰兒死亡率極高，跨過這道門檻，一般能活到五、六十歲的，可謂得享天年。詩集中的詩人口吻是一位中年男性，寫詩的對象非常年輕，約二十歲的美少男。最常與少男身分連結的歷史人物——南安普敦伯爵，實際上比莎翁小九歲。

　　詩人和美少男之間的情誼很不尋常，其中或許包含肉體的迷戀。其實商籟裡面的男性之誼可以溯源到古希臘羅馬的同性情誼傳統，這種情誼植根於男性的社會網絡。異性婚姻滿足傳宗接代的需求，但是婚姻與愛情不必畫上等號，兩者可以脫鉤。詩集中，詩人鼓勵美少男結婚生子，與女性完成生物性或家族性的使命，但是卻把他的情愛分割出來，意味著並不減損兩位男性之間的情誼。

　　希臘神話裡有一段動人的故事。傳信之神赫米斯 (Hermes) 和愛與美之神艾芙黛蒂（Aphrodite，亦即羅馬神話的愛神維納斯 Venus）相戀而生一子赫米艾芙黛蒂（Hermaphroditus，此名為 Hermes + Aphrodite）。山林間的小仙女薩瑪西 (Salmacis) 愛上赫米艾芙黛蒂，祈求與他永永遠遠結合為一體，於是 Hermaphroditus 成為同時擁有雄性和雌性身體的意思。Hermaphroditus 在十四世紀即已進入英文，在生物學指雌雄同體（又稱雌雄不分相）。在文化人類學，雌雄同體的光譜則複雜許多，除指同一個體擁有兩性的性徵之外，也延伸為擁有兩性的性別氣質，或者個體同時認同自己身為男、女的性別身分。二十世紀的分析心理學創始者卡爾・榮格 (Carl Jung, 1875−1961) 指出，人格的組成本是雌雄同體，理想化的「我」以異性的型態 (anima/animus) 向個體顯現，類似心靈導師，是個體與集體無意識之間的橋梁，引領

我們觸摸到自己深層的無意識，有助於自我實現。當代心理學的相關論述則進一步申論：沒有所謂男／女性本質或理想化的氣質，生而為人都兼具兩性氣質，只不過在陰／陽兩個互相垂直的軸上分布於不同的點。

在歷史脈絡上，十六世紀也是由宗族制度轉變到個人主義的時代，強調個人的自我追尋以及理想的實踐。此時中產階級興起，這個因經商致富的新興階級比較沒有家族包袱，對情愛的自主權比貴族世家自由許多。商籟裡面有一個漸進的轉變，反映外在世界的價值觀：前十七首明顯地架構在同性情誼的社會框架，詩人諄諄勸告少男要成婚，維繫家族的血脈。第 18 首之後詩人褪下勸婚說客的角色，口吻變得越來越個人化，與少男之間的私我情誼加深，同性情誼和同性戀的界線逐漸模糊。在黑女郎出現後，多元化的性傾向顯露。如果這是關於愛慾奧祕的解讀，同性或異性關係可能並非重點，而是在不完美的關係裡審視赤裸的情與慾，在泥沼中嚮往完全的愛，即使不可得也不願放棄。

詩集系列隱去家庭、婚姻、親子等背景，專注於詩人內心的自剖、對情感的經歷、對人世變遷、時光流逝的驚懼、對美的敏銳感受、對存有的焦慮，而大多數的自省或傷逝都停筆在「永恆，唯詩而已」的結論。從莎翁的生平事蹟和時代背景去推敲，這些詩篇到底是他情感的紀實，或純屬想像

的事件，抑或是虛實交織，經過美化、戲劇化的懺情錄？如果不談背景脈絡，詩集也可看做一齣架空歷史的詩劇，主題就是「愛」，詩人訴說他和情人的故事，他們之間的互動與轉變。重要的情節包含：

⑴男性情誼的展演：S18 標示詩人與少男關係全新的里程碑，「勸婚」已如餘影尾聲，淡出主線，接續發展的情節是男性情誼的醞釀。

⑵你是我最美的風景：歷來風景的取景，包含植物、花鳥、山川、大地、一天之間的朝霞晚雲，大自然變動的雷電、地震、狂風暴雨，遠古留下教堂的碑文臺階、石柱殘壁。詩人的取景由遠而近，鏡頭終歸聚焦到一個人，一幅最美的風景——你是初夏的玫瑰 (S18, S54)、天上的恆星 (S14)、自然的容顏 (S20)、春光春色的範本 (S98)、你的柔情讓我不羨帝王寶座 (S29)。

⑶我與你的情義盟 (the I-and-Thou bond)：詩人與少男之間是什麼樣的情誼？「喜歡是淡淡的愛，愛是深深的喜歡」，詩人的情愫由喜歡到愛戀，從愛戀到耽溺。詩與詩之間描寫的是感情的高山低谷，水去雲回的躊躇——懷疑、背叛、出軌、懺悔、混亂、情傷，這是人間情愛的寫真。情慾的糾纏，並不高貴；起初的情動，絕對真摯 (S116)。細讀可知，除了大約二十五首詩的寫作對象性別明確，關乎男性

情誼，其餘全部無異於男女相悅的情詩。情與慾的本質，同性或異性，從莎翁作品可知千古以來並沒有多大改變。

(4)愛的試煉：倆人間的嫌隙浮現，可能由於感情走入岔路，或因身分地位的懸殊而有高攀的顧忌 (S36)。詩人懼怕放手，因為起初的愛已經內化為自己的一部分，放手意味著割去那一部分的自己。詩人心知情變，好友從夏日玫瑰變為腐爛的野薔薇 (S94)，訴相思而無由，惆悵裡都是留不住的情感，找尋不回來的記憶。

(5)中晚年危機：詩人有感於年華老去，死亡將至，祈求愛人多一些關注，口吻近似哀兵之計 (S71–S74)。這部分的詩雖然語帶哀傷，但筆法格外甘醇。

(6)「對手詩人」的出現：某位素負盛名的詩人也獻詩給美少男，詩人憂心自己遭棄，傷其好友捨己而贊助他人，感到壓力、沮喪，處在自卑與自傲的矛盾衝突中 (S80)。

(7)別了吧！愛人：對於拿不起、放不下的愛人做卑微的告白 (S86)。詩人之前寫情，一層深一層，S86 之後，則一層淡一層，「情到多時情轉薄」，以其淡而愈見其珍重。這樣成熟的尊重見於 S98：沒有強烈的情緒，而珍惜之情委婉綿長，情的境界也更上一層。

(8)愛的盟約：詩人寫出人性共同的嚮往，在理想化的愛裡得到包容、疼惜、相互欣賞。如果真愛如同詩中的比喻，是

天頂的北極星，潛臺詞或許是 「尊卑無緣，可望而不可即」，也可能是縱使不可得，仍要奮力追尋 (S116)。

II. S127–S152「黑女郎詩串」(Dark Lady sequence)

「黑女郎詩串」包含二十六首詩，一般視為「美少男詩串」的對照組，兩者同樣地並無連續的情節，少數詩的對象似乎與這位女士無關（例如 S128、S129），大部分的詩可以單獨閱讀。但傳統上，多數學者習慣將兩套詩串視為有情節、有戲劇的敘述故事。我們延續這樣的解讀，試圖在詩與詩之間建構一條故事線。如果美少男跨越了性別界定的美貌，黑女郎則翻轉黑白相對的美學典範。

1. 標舉愛人「黑即是美」：顛覆傳統金髮碧眼、皮膚白晰的美學，歌頌黑的自然美，建立另類美典 (S127)。
2. 色慾的「荒原」：詩人對於黑女郎慾望的自剖 (S129)，色慾令詩人羞恥、罪惡。
3. 兩愛之間的掙扎：已經退場的少男重回場景，兩個愛人分別象徵情與慾，詩人檢視內在的衝突 (S144)。

III. S153–S154 小愛神邱彼特

這兩首詩描寫小愛神邱彼特放下手中愛的火炬而沉睡，月神戴安娜的使女潛入他的寢室，偷取火炬放入冷泉中熄滅，

冷泉瞬間變為帶有療癒功能的溫泉。但是此泉卻不能澆熄詩人的愛火，不能醫治他的情病。兩詩內容相仿，互為注腳。學者一般認為它們缺乏文采，且與前面兩大主題無關，甚至有人猜測可能是莎翁把少年的舊作隨意拼補貼上。總之，論者視為狗尾續貂，不免表露遺憾。但是，如果商籟詩集是一首大商籟 (Grand Sonnet)，這二首就是結尾的對偶句；如果商籟詩集是一齣愛的詩劇，這二首就是終曲 (coda)，最後的尾聲。愛既是病根，又是藥方 (cure and disease in one)──悲喜同源，千古與共。

第三部分
十四行詩選讀

Sonnet 1

　　詩人說話的對象是一位出身貴族世家的少男，本詩
的訴求是勸說這位少男及早成婚，以便俊美的風範和優
秀的素質（基因）得以傳遞下去，光耀門庭。勸婚的叮
嚀也是貫穿前 17 首商籟的主題。第一節開始就強調少男
的美好容顏。

Sonnet 1

From fairest creatures we desire increase,

That thereby beauty's rose might never die,

But as the riper should by time decease,

His tender heir might bear his memory:　　　　　　4

But thou, contracted to thine own bright eyes,

Feed'st thy light's flame with self-substantial fuel,

Making a famine where abundance lies,

Thyself thy foe, to thy sweet self too cruel.　　　　8

Thou that art now the world's fresh ornament,

And only herald to the gaudy spring,

Within thine own bud buriest thy content,

And, tender churl, mak'st waste in niggarding:　　　12

　Pity the world, or else this glutton be,

　To eat the world's due, by the grave and thee.

1–4 行

1. increase:

   (n.) fruit. 果實；延伸的意義為 progeny 後嗣；procreation 繁衍。

   (v.) 意為 multiply 增加、繁衍。莎翁喜歡文字遊戲，increase 和 creatures 兩字都包含 /crea/，音節反覆，加強說服的力道。

   為了諧韻或強調某一重點，詩句常用倒裝語法，還原本句的結構就容易理解：We desire to increase from the fairest creatures. 第 1 行經過倒裝，和第 3 行押韻。

2. beauty's rose: 美之玫瑰 在英文語境裡是一個暗喻 (metaphor)，蓋因玫瑰嬌美，用以比喻人的美；玫瑰也用作借喻／轉喻 (metonym/mytonymy)，指英國的貴族，典故源自於歷史上的紅白「玫瑰戰爭」(The Wars of the Roses, 1455–85)。愛德華三世 (Edward III , 1312–77) 的兩支後裔為了爭奪王位興起長達三十年的內戰。蘭卡斯特家族 (House of Lancaster) 的族徽是紅玫瑰；約克家族 (House of York) 的族徽是白玫瑰。莎翁的歷史劇包羅這部分英國中世紀內戰史。內戰導致兩敗俱傷，結束群雄爭霸，英格蘭走向專制政體，皇室以紅白玫瑰為國徽。從此玫瑰成為英國貴族的標準借喻 (a standard metonym for aristocracy)。

玫瑰在商籟詩集中經常環繞美少男出現，人如玫瑰，美麗容易凋謝，只有傳宗接代才能永續基因。玫瑰承載的雙重隱喻既指少年本身，也指貴族血脈。

3. the riper: the mature ones. 成熟的（花、人）。

4. tender: youthful, young, of tender age. 年輕的。

heir 和 bear 押韻， 類似的例子我們做跟讀練習時值得留意。

his: 莎翁時代的伊莉莎白時期英文 his 與 its 經常混用，但是莎翁在詩作中從未使用 its，因此這裡的 his 可以指人或玫瑰，兩者在詩境中已經合而為一。

5–8 行

5. contracted: 這字有雙重意義 ：⑴ contract 作為名詞意為契約，婚姻本是雙方的約定，是一種契約 "marital" contract，這裡用作動詞， 意思是訂婚， 結婚 betrothed/engaged, married. ⑵ restricted（視野）侷限。

6. self-substantial: of your own substance; sustained by burning yourself. 自我燃燒。

8. foe: enemy. 敵人。

sweet vs. cruel: contradictory in nature. 兩者本質相斥，矛盾修飾語，形成反諷語氣。這一節意指少男與自己的明眸定

下婚約（或目光只侷限於自身），點出他的自戀特質，猶
如蠟燭燃燒自己的本體，終歸會化為灰燼，原本可以生養
繁殖，卻使豐沃化為飢荒，豈非與自己為敵？值得注意的
是，第 7 行由標準的抑揚格改變為重／輕，以重音起首加
強詩人惋惜的口吻。

9–12 行

10. only: unique, peerless. 獨特、無以倫比。

　　gaudy: beautiful, pleasant. 美好悅目的。

11. content: what is contained, i.e. potential fatherhood (sperms,
　　male sexual cells). 內容物（意指男性的精子）。

12. churl: ill-natured niggard. 吝嗇鬼，通常指吝嗇的老男人。

　　tender churl: gentle miser 溫柔的小氣鬼；意義相斥的兩字
　　並置形成矛盾修飾語。此處也是親暱用語 (term of
　　endearment) 的例證，表面的字意雖然貶損或嘲諷，卻是親
　　切的口吻。

　　niggarding: hoarding. 囤積。

13–14 行

13. else: otherwise, regardless. 否則、如若不然。

　　glutton：老饕、貪食者。

14. the world's due: what you owe the world (increase, offspring). 你虧欠這世界的責任（生養、後嗣）。

結尾的對偶句措辭急切：憐憫這世界吧！否則就像老饕，該留給世間的後代卻被自己和墳墓吞食了。

Sonnet 1【翻譯】

我們要美麗的生靈不斷繁息，

能這樣，美的玫瑰才永不消亡，

既然成熟的東西都不免要謝世，

嬌嫩的子孫就應當來承繼芬芳；

但是你跟你明亮的眼睛結了親，

把自身當柴燒，燒出了眼睛的光彩，

這就在豐收的地方造成了饑饉，

你是跟自己作對，教自己受害。

如今你是世界上鮮艷的珍品，

只有你能夠替燦爛的春天開路，

你卻在自己的花蕾裡埋葬了自身，

溫柔的怪物呵，用吝嗇浪費了全部。

　　可憐這世界吧，世界應得的東西

　　別讓你和墳墓吞吃到一無所遺！　　　　　　（屠岸譯）

Sonnet 1【翻譯】

優生物種得綿延

猶似玫瑰香永傳

歲月無情燈蕊盡

傳承後嗣青年擔

明眸鍾愛汝陶醉

顧影忘情空自憐

與己為敵何狠毒

可悲沃土成荒原

彩妝天賜唯君有

喜報斑斕春日閒

蓓蕾不開枉度日

終生留白世人嫌

　　君如吝惜違天意

　　大漠孤墳萬古寒　　　　　　　　　　（洪國賓譯）

Sonnet 2

　　詩人試問少男：四十個寒冬過去，你的眉梢額頭如何見證曾經的容貌？S2 承接 S1 勸婚的主題，加強早日結婚的迫切性，兩詩互文（互為參考）。少男耽溺於自戀，與自己的明眸訂婚，燃燒自己的青春。四十年之後，如果有人問起老人昔日青春的風光，他若回答：「還藏在凹陷的雙眸」，這個答案未免荒唐，不如結婚生子，傳其血肉，留下子嗣作具體的見證。

Sonnet 2

When forty winters shall besiege thy brow

And dig deep trenches in thy beauty's field,

Thy youth's proud livery, so gazed on now,

Will be a tatter'd weed, of small worth held.　　　　4

Then being ask'd where all thy beauty lies,

Where all the treasure of thy lusty days,

To say within thine own deep-sunken eyes

Were an all-eating shame and thriftless praise.　　　　8

How much more praise deserved thy beauty's use,

If thou couldst answer, "This fair child of mine

Shall sum my count and make my old excuse,"

Proving his beauty by succession thine.　　　　12

　This were to be new made when thou art old,

　And see thy blood warm when thou feel'st it cold.

1–4 行

1. brow: eyebrow. 莎語裡的名詞通常以單數代替複數。
2. trench: ditch dug in the ground. 溝、壕溝、戰壕。

   trenches: wrinkles. 比喻臉上皺紋。
3. livery: 制服，也可指衣服。

   proud livery: gorgeous dress. 英挺的制服、華麗的衣服。
4. tatter'd weed: withered weed. 枯萎的雜草，意為沒有身價。

   第一節以軍隊圍攻堡壘四十年，比喻歲月無情，少男的雙眉就像堡壘被深掘戰壕，布滿皺紋。

5–8 行

6. lusty: fresh and vigorous. 年輕活潑的。
7. deep-sunken eyes: 雙眼深陷；意為顯現老態。
8. all-eating shame: shameful gluttony. 可恥的貪食、暴飲暴食。參見 S1、13–14. glutton 的注解。

   thriftless praise: (1) unprofitable praise 毫無益處的讚美。(2) praise for thriftless gluttony. 對老饕貪食的謬讚（承接 S1、13–14）。

9–12 行

9. use: employment. 實用、用處。

⑴ employment. 實用、用處。⑵ investment: 投資滋生利息。
這節搬演一個逼真的場景：有人質疑老人傳說中曾經的美貌，
他可以指著俊秀的兒子為證：我兒的存在就是我漂亮的一筆
帳。繼承人猶如執行會計，證明老人過去的存款。

Sonnet 2【翻譯】

當四十寒冬圍陷你的眉眸，
於你美眷的沙場深鑿戰壕。
霓裳羅裙，年少盡爭纏頭，
終殞落成牆頭飄搖的草。
闇問妒秋娘，紅妝何處藏；
春光一曲罷，紅綃何處葬？
或日，陷於你深溺的眼眶，
是蝕盡之恥，虛無之頌揚。
築稱頌之壇待紅顏回眸。
若你應：「我所喜悅的孩子。
證明，站上我乾枯的肩頭。」
證明，花樣年華於彼承自。
　　黃昏燃盡彩霞為鑄新日，
　　細潤萬物無聲銘刻墓誌。　　　　　　（蔡宛書譯）

Sonnet 2【翻譯】

蠔首怎捱四十個冬雪雹？
任鐮刀於豐饒田畝縱橫，
韶光年華，一襲華美的袍，
但終會爬滿蟲子，化為濘。
何啟齒，那紅顏於何彼方？
歲月的精萃，財寶何處尋？
無語，凹陷眼窩骷髏面龐，
盡是貪婪、奢靡不齒之云。
蓋盡其美所能？則足稱哉，
若言：吾之顏，吾子之美也；
承吾衣缽，後繼相傳一脈；
華服盛顏，不畏時序更迭。

　　碾為塵，化作春泥更護花；
　　細品那寒血昇華非虛誇。　　　　　（游芯瑜譯）

Sonnet 3

　　本詩持續前兩首的主題，催促少男及早結婚，但辯論的方式另創新意，以農夫耕田譬喻夫婦合歡。詩人責備少男不僅虧欠這世界應得的一分權利，也將剝奪某位女性為妻為母、生養兒女的幸福，而自己孤獨一生，終將被遺忘。

Sonnet 3

Look in thy glass and tell the face thou viewest
Now is the time that face should form another;
Whose fresh repair if now thou not renewest,
Thou dost beguile the world, unbless some mother.　　　4

For where is she so fair whose unear'd womb
Disdains the tillage of thy husbandry?
Or who is he so fond will be the tomb,
Of his self-love, to stop posterity?　　　8

Thou art thy mother's glass and she in thee
Calls back the lovely April of her prime,
So thou through windows of thine age shalt see,
Despite of wrinkles, this thy golden time.　　　12

But if thou live, remember'd not to be,
Die single and thine image dies with thee.

1–4 行

2. that face should form another: to create another fair face (by having a child alike you). 你的美顏應該複製一分 （藉由留存子嗣）。

3. whose: 指鏡中的臉。

repair: condition. （美好的）現況、模樣。

4. beguile: cheat; deprive of its due rights. 欺騙 ; 剝奪這世間應得的權利。

unbless: make unhappy, deprive of fruitfulness, and deprive some woman of the blessing of motherhood. 令人不快樂，剝奪某位女士作母親的幸福。

5–8 行

5. unear'd (uneared) womb: 以未經鋤頭鬆土的農田 ，比喻女性的子宮沒有受孕。"ploughing the womb" 耕耘子宮，這個性比喻是當時常見的說法，以鋤地 （鋤頭深掘土壤）、播種 （撒種）、收穫 （耕耘的結果）比喻夫妻行房、受孕、生子的三部曲。

6. disdains: looks down on. 鄙視。

tillage: cultivation, working of the land. 耕耘。

husbandry: farm and estate management as well as playing

the husband. 雙關語，兼指農夫與人夫的責任。中古英文中，husband 意同 farmer.

7. so fond will: so foolish (fond) that he will.

8. Of: because of.

  posterity: offspring. 子嗣。

7 – 8. the tomb, of his self-love: the self-love leads to death, since there are no children. 自戀導致孤獨死去。

9–12 行

9. glass: mirror. Thou art thy mother's glass: you can serve as a mirror in which your mother can look to see a reflection of herself as she was in her youth. 你是母親的鏡子，因為母親凝視你的時候她看見年輕時候的自己。

10. Calls back: recalls, remembers. 回想、回憶。

  prime: springtime, youth. 青春。

  the lovely April of her prime: the spring time when she is most beautiful. 她美好的四月天。

11. windows...age: i.e. children, who in his old age will permit him a view of what he was in youth. 兒女如窗戶，當他年邁時，透過兒女可看見昔日黃金歲月的自己。

13–14 行

13. remember'd not to be: determined not to be remembered; i.e. to be forgotten. 決意要被遺忘。

Sonnet 3【翻譯】

照照鏡子去吧，給鏡中臉兒報一個信，

是時候了，那張臉兒理應來一個再生。

假如你現在複製下它未褪的風采，

你就騙了這個世界，叫它少一個母親。

想想，難道會有那麼美貌的女人，

美到不願你耕耘她處女的童貞？

想想，難道會有那麼美貌的男子，

竟然蠢到自甘墳塋，斷子絕孫？

你是你母親的鏡子，在你身上

她喚回自己陽春四月般的芳齡，

透過你垂暮之年的窗口你將看見

自己的黃金歲月，哪怕臉上有皺紋。

　　若你強活著卻無意讓後人稱頌，

　　那就獨身而死吧，人去貌成空。　　　　（辜正坤譯）

Sonnet 3【翻譯】

看看鏡子吧，對著臉說你的心

現在是它按鍵盤，複製張貼自己的時候；

鮮度即將到期的臉，如果你再不更新，

你是欺騙社會，剝奪她做媽媽，秋收你的迷惑。

未耕耘的子宮舞臺上，走著她的美麗

你卻看不起自己的臉，不想春耕做丈夫？

是否你只想要，一步一步走進墳墓別離

是否太愛自己，不願子孫做你的臉，走唱他們的音符？

你美麗了母親的鏡子，當她看著你聳的肩

時光就跌回，她美好四月天的清純；

當你年老，透過兒女撐出的窗看見，

皺紋裡，埋伏著，你走回黃金歲月的青春。

　　如果你活著，執意只固守，自己臉龐的線條，

　　不顧情面，將死著它的死，孤單就隨你來挑。

（蔡榮裕譯）

Sonnet 14

　　勸婚的主題持續進行，但規勸的策略同步更新。這首詩借用占星術作為引言，詩人自稱頗通術數，然而占星術只是他的藉口。詩人占卜，非關天象，也不能預測帝王公卿的流年運勢，他只關注少男的未來。他借占卜之名，觀看少男的眼睛，認為他的明眸猶如天邊的恆星，可以預示結婚或不婚導致截然不同的命運。

Sonnet 14

Not from the stars do I my judgement pluck;

And yet methinks I have Astronomy,

But not to tell of good or evil luck,

Of plagues, of dearths, or seasons' quality;　　　　　　　　4

Nor can I fortune to brief minutes tell,

Pointing to each his thunder, rain and wind,

Or say with princes if it shall go well

By oft predict that I in heaven find.　　　　　　　　8

But from thine eyes my knowledge I derive,

And, constant stars, in them I read such art

As truth and beauty shall together thrive,

If from thyself, to store thou wouldst convert;　　　　　　12

　Or else of thee this I prognosticate,

　Thy end is truth's and beauty's doom and date.

1–4 行

1. judgement pluck: draw conclusion. 獲得結論。
2. Astronomy: 天文學，此處使用古老的意義 astrology 占星術。

   methinks: I think.
4. dearths: famine. 旱災。

5–8 行

5. brief minutes: short periods of time. 短時間內（的運勢）。
6. pointing (appointing): allotting. 分配、攤派。

   his thunder, rain and wind：以雷、雨、風比喻個人的運勢、災噩。
7. with princes if it shall go well: whether (if) it shall go well with princes.

   princes: 泛指帝王公卿及貴族。
8. oft: often.

   predict: predictions. 指觀察星象的吉凶。

9–12 行

10. art: knowledge.
11. As: As that.

12. store: procreation, plenty progeny. 擁有眾多子孫、後裔。

convert: change; turn your focus to. 改變注意力。

13–14 行

13. Or else: otherwise. prognosticate: prophesize, forecast future events. 預測、占卜。

14. doom: ruin, death. 毀滅、死亡。

Doomsday: The Day of Judgment. 最後審判日、世界末日。

Sonnet 14【翻譯】

並非從星辰我採集我的推斷；
可是我以為我也精通占星學，
但並非為了推算氣運的通塞，
以及饑荒、瘟疫或四時的風色；
我也不能為短促的時辰算命，
指出每個時辰的雷電和風雨，
或為國王占卜流年是否亨順，
依據我常從上蒼探得的天機。
我的術數只得自你那雙明眸，
恆定的雙星，它們預兆這吉祥：
只要你回心轉意肯儲蓄傳後，
真和美將雙雙偕你永世其昌。

　　要不然關於你我將這樣昭示：
　　你的末日也就是真和美的死。　　　　（梁宗岱譯）

Sonnet 14【翻譯】

我的推斷非自日月星宿，

雖我自認略通占星天文；

但吉凶禍福我無語可透，

一如天災人禍四時更輪。

無法一言以蔽運命流年，

或曉風霾雨怒雷的啟示，

亦無法為帝王點明路前，

唯預言蒼天聖啟我所視：

你的雙眸是我學識之源，

無盡星斗喚醒我的術數；

真與美將相依繁盛成圓，

若你轉念氣自華腹詩書。

　　否之，恕我於你降下警言：

　　真與美與你，同湮滅終焉。　　　　　　（游芯瑜譯）

Sonnet 17

　　S17 是「繁衍」系列的最後一首。大意是：我的詩僅能訴說你一部分的美好，如果容許我盡情發揮，書寫你萬般的美好，後世必會質疑「詩人撒謊」。若你留下後代，你不僅活在子孫之中，也活在我的詩中；兩者共同見證你曾經的容顏美儀。詩人總結勸婚的主題，宣告子嗣和詩歌都能令歌頌的對象不朽 (immortal)。

Sonnet 17

Who will believe my verse in time to come,

If it were filled with your most high deserts?

Though yet heaven knows it is but as a tomb

Which hides your life, and shows not half your parts.　　4

If I could write the beauty of your eyes

And in fresh numbers number all your graces,

The age to come would say, "This poet lies;

Such heavenly touches ne'er touched earthly faces."　　8

So should my papers, yellowed with their age,

Be scorned, like old men of less truth than tongue,

And your true rights be termed a poet's rage,

And stretched metre of an antique song.　　12

　But were some child of yours alive that time,

　You should live twice, in it, and in my rhyme.

1–4 行

1. verse: poetry.

2. deserts: what you deserve. 你應得的美譽。 發音和甜點 "dessert" 相同；十六世紀用法，今已作廢。

3. heaven knows:「天知道」本是口語裡的陳腔濫調，此處卻 賦予新意；少男的美好絕對是「天」字級的，但如果埋葬 在黃土墳塚，連上天都要惋惜，對世人而言不過留下一座 墳塚而已。

   but: only, merely.

4. parts: admirable qualities. 令人欣羨的品質。

5–8 行

5. write: outline, draw. 描繪。

6. numbers: (n.)⑴ verses. 詩。⑵ poetic measures. 詩的韻律。

   number: (v.) count. 數算、計算。

   相同的字以不同詞類或字尾變化在同一句重複，修辭學稱 為「字根重複」。

8. touches...touched: touches; vivid details. 精緻素描。

   「字根重複」技巧的另一例。

   heavenly...earthly：以天地的差別比喻少男的天仙氣質，世 人少見。唐詩描寫人間的仙樂飄飄，也有類似修辭：「此

曲只應天上有，人間能得幾回聞」（杜甫《贈花卿》）。

9–12 行

9. papers: 詩稿（寫詩的紙會隨時間泛黃）。

10. old men of less truth than tongue: 老人只剩下舌頭，沒有半句真話。truth 和 tongue 以相同子音開始，押首韻。

11. poet's rage: poet's passion; inspired lunacy. 詩人的靈感（如癡如癲狂）。

12. stretched metre: 浮誇的詩文。

stretched: exaggerated.

metre = (US) meter: 節奏，代表詩歌。

13–14 行

14. rhyme: poetry. You should live twice: be alive in the child and in the poetry. 你活在子嗣綿延，也活在詩中。

最後的對偶句總結 S1–S17 貫穿的主題「繁衍後嗣」，並且以生命不朽與形象永存，連結繁衍和詩歌的共同功能。

Sonnet 17【翻譯】

將來有誰會相信我的詩文

假如寫的盡是你實際的至善？

可是，上蒼明鑒，它不過如同塚墳

掩埋你的生命，未顯你優點一半。

假如我能寫出你明眸的漂亮

並賦新詞細數你萬千秀妍，

後世會說，「這個詩人撒謊；

如此的仙姿鮮至凡人的臉。」

這樣我的詩稿，泛黃在時間裡，

會受到訕笑，像言過其實的老人，

而你應得的美譽被誣為詩人的夢囈，

是陳腔濫調的拖長延伸。

　　　然而你若有個小孩活在當時，

　　　你會永生兩次，於他，也於我詩。　　　（彭鏡禧譯）

【總結前 17 首】

〈踏莎 (suō) 行〉

S1–S17 商籟序曲

貴胄門庭，曉雲初見，群芳競覷玉人面。

檀郎不解娉婷語，臨水顧影枉自戀。

鶼鳥雙飛，勞燕北遷，獨留空巢向晚天。

流水落花千古意，一剪寒梅非人間。　　　　　　（邱錦榮譯）

Sonnet 18

　　起首兩句，自設問答。首句提問：我是否能把你和夏天比擬？此問純屬修辭學的設問，發問者早已有答案，就在第2行：你更可愛，更溫柔。伊莉莎白時期慣用 he, his 代替 it, its，詩人賦予夏天擬人化的特徵（他有眼睛、面貌、房子租約問題、可愛花蕾等屬於人的表徵），把他和少年進行比較，評比顯得更加靈動。以下六行羅列夏日的各種缺點：欠缺溫婉、陰晴不定、常趨向極端。接著以六行細數少男的優點，結論是：與夏日的評比，少男勝出。

　　S18 標示詩人與少男關係一個全新的里程碑，詩人的口吻改變，由一個苦口婆心的規勸者，逐漸傾斜到美的欣賞者、愛慕者。雖然「勸婚」和「繁衍」的餘緒仍在，但逐漸淡出、消失。每首詩就是微劇場，接下來的舞臺將上演男性情誼，由喜歡到愛戀，從愛戀到耽溺，這一條不歸的情路。整部商籟詩集中，一般公認 S18 最美：詩人提醒愛慕的人韶光易逝，一生的歲數猶如租約，期滿終需歸還給造物者。人生如寄，時光實非個人恆產，僅能短暫使用。在結尾的對偶句中，詩人自詡他的詩行可以超越時間的破壞力，讓心上人的美好容顏凍齡其中。

Sonnet 18

Shall I compare thee to a summer's day?

Thou art more lovely and more temperate:

Rough winds do shake the darling buds of May,

And summer's lease hath all too short a date:　　　　　　4

Sometime too hot the eye of heaven shines

And often is his gold complexion dimmed,

And every fair from fair sometimes declines,

By chance, or nature's changing course untrimmed:　　　8

But thy eternal summer shall not fade,

Nor lose possession of that fair thou ow'st;

Nor shall death brag thou wander'st in his shade,

When in eternal lines to time thou grow'st.　　　　　　12

　So long as men can live and eyes can see,

　So long lives this, and this gives life to thee.

1–4 行

1. a summer's day: the summer season. 以夏季的一天代替整個季節。英國的緯度高，初夏五月的氣候比較接近臺灣或中國大陸華南地區的春季。

2. temperate: ⑴ showing, behaving with temperance, moderation. （言行舉止） 適度的、有節制的。⑵ (climate) free from extremes of heat and cold; of even temperature. 溫和的。這個字的應用同時關照氣候和人，氣候的舒適等同人的溫婉 (mental stability)。

4. lease: allotted time. 租賃契約。

   date: duration. 時間的長度。

5–8 行

7. fair...fair: beautiful thing or person...beauty. 前者指美好的人、事、物；後者指美本身。

8. untrimmed: trim: 修飾整齊、切除邊緣多餘部分；untrimmed: 未經修飾整齊的、不規則的。此字是過去分詞作形容詞 (adjectival participle)，⑴可能修飾 nature's changing course. ⑵有些版本在這個字之前加一個逗點，可能修飾前一行的前行詞 "fair...fair."

9–12 行

10. ow'st (ownest): own.

12. to time thou grow'st: you become inseparably engrafted upon
time. 你被接枝到時間上。莎翁常用園藝術語，例如：哈
姆雷特對娥菲麗 (Ophelia) 說："virtue cannot so inoculate
our old stock but we shall relish of it" (*Hamlet*, 3.1)，意為：
即使把美德接枝到老枝幹（老我），罪性（原罪）仍然聞
得出來。江山易改，本性難移。

inoculate:（古語）engraft; graft unto. 接枝。

13–14 行

14. this: this poem; poetry.

結尾的對偶句宣告詩歌不朽。莎翁時代詩人、作家對貴族獻
詩，常用類似的話術。讀詩可以探索許多潛藏的層次，以這
兩句話為例，既可看做詩人的真心告白，也可以解讀為詩人
祈求贊助的套路。

Sonnet 18【翻譯】

可否將君比夏天？

柔和似水影翩翩：

狂風五月新芽落，

炎夏匆匆何以堪；

天宇豔陽如赤焰，

時而雲霧蔽容顏；

今之美景不如昔，

歲月機緣由自然：

歌詠夏情無止盡，

嫣然依舊惹人憐；

來回幽谷君無懼，

不朽詩篇代代傳。

　　永世長存詩與汝，

　　流芳千古人常觀。　　　　　　　　　　　（洪國賓譯）

Sonnet 18【翻譯】

是否該將你與夏日一比？
她哪及你柔和惹人愛憐。
春風動搖了初生的花期；
夏的契約只在轉瞬之間。
天堂的目光時過於熱烈，
而往往黯淡了它的容顏。
美難逃一劫朝自身下墜，
聽憑命運或魯莽的時節。
你無盡的夏日永不蒼白；
你美好的寶藏不曾失落。
幽谷膽敢誇口你的徘徊，
詩人不歇的筆下你停泊。
　　　但凡眼所能見或一息尚存，
　　　愛慕予你而愛慕予你靈魂。　　　　　　（蔡宛書譯）

Sonnet 20

　　本詩套用商籟描寫女性的典型語彙，移植到美少男身上。詩人當然瞭解傳統社會對於異性戀的期待——男婚女嫁承載傳宗接代的任務，他在結尾對偶句提出令人發噱的解決方案，男男、男女各取所需。全詩以陰性韻（無重音的音節）押韻，每一行尾多出一個音節 (5 feet + the extra beat)，音韻低迴。在詩集中，本詩的押韻屬於少數特例。

Sonnet 20

A woman's face with nature's own hand painted

Hast thou, the master-mistress of my passion;

A woman's gentle heart, but not acquainted

With shifting change as is false women's fashion;　　　　4

An eye more bright than theirs, less false in rolling,

Gilding the object whereupon it gazeth;

A man in hue, all hues in his controlling,

Which steals men's eyes and women's souls amazeth.　　　8

And for a woman wert thou first created,

Till nature as she wrought thee fell a-doting,

And by addition me of thee defeated

By adding one thing to my purpose nothing.　　　　12

But since she pricked thee out for women's pleasure,

Mine be thy love and thy love's use their treasure.

1–4 行

1. with nature's own hand: without any aid from cosmetics. 天生麗質，自然即美；不需要用化妝品打扮，因為大自然是他的化妝師。

with = by.

2. master-mistress: 這個複合詞使用 「似非而是的修辭」 策略，因為少男擁有男性的身體，女性的柔美，兼具兩性氣質，他主宰詩人的情感，既是情郎也是情婦，是占據詩人感情世界的雙性主人。

3 – 4. A woman's gentle heart, but not acquainted/With shifting change：有女性柔軟的心腸，但沒有女性的善變。

"not acquainted"「不諳」世俗；意指未被世俗汙染。

"acquainted" 和 "a queinte" 發音相似，是雙關語。

queinte = cunt: an offensive word used to refer to women's vagina. 是十六世紀對女性的性器官的鄙俗代稱。英國中世紀的代表作家傑非‧喬叟 (Geoffrey Chaucer, c. 1342–1400) 在 《坎特伯雷故事集》 (*The Canterbury Tales*, 1381–1400) 中 〈巴斯婦人〉 ("Wife of Bath") 的敘述者巴斯婦人是最早女性自主權的代言人，她大開黃腔，說的故事中即用了 "cunt" 一字，可見早在十四世紀已有以性器官逗笑的例子。舉這個俚

俗雙關語希望說明，文學大師之所以雅俗共賞，往往因為他們很接地氣，取材葷腥不忌。關於性的隱喻，實屬劇場互動的伎倆，莎翁非常善於編排喜劇角色說黃色笑話，引逗觀眾發笑。就閱讀文本而言，隱喻屬於潛文本的層次，老練的讀者得到額外一層理解，可以會心一笑。

5–8 行

5. rolling: roving. 流動。

7. hues: appearance or form. 外貌美色、儀容。

9–12 行

10. fell a-doting: (in love) fell crazy, fell infatuated. 愛到瘋狂。
    dote: 又寵又愛。

11 – 12. And by addition me of thee defeated/By adding one thing to my purpose nothing: by addition: 增加一物，指男性的性器官 (of a male genital)。

defeated: deprived. 被剝奪。

後一句話幫助解釋前一句：造物弄人，給你添加的「一物」，於我是 "nothing" 毫無益處。有趣的是，"nothing" 暗指女性的私處；在莎士比亞時代發音為

"noting," 意為：留意、注意、標注。無物，卻引起注
意，也可能是這詩行的潛臺詞。

13–14 行

13. pricked: marked (you) out. 注明、選定。 prick: punning
    sixteenth-century slang for "penis." 雙關語；十六世紀男性
    性器官的俗稱。

14. Mine be thy love and thy love's use their treasure: I will get
    your platonic love only; your love is the sexual enjoyment of
    women. 我得到的將是柏拉圖式的愛，女人得到的卻是性
    的享樂。"love's use" 的造詞結構是名詞所有格＋名詞。
    use: (1) sexual enjoyment. 性的享樂。(2) interest. 利息。
    這句話直白的解釋：I'll have the main part of your love (the
    capital or principal), while women get just the use (interest;
    pleasure; children) of it. 我將能得到你的愛（本金），而女人
    們能為你所用，為你生兒育女，她們得到性的享樂（利息）。

Sonnet 20 【翻譯】

那女人般絕美的容顏，來自造化的鬼斧神工
　　是你，主宰我的愛戀的尊貴的你
那女人般柔軟的心腸，卻不似她們那般
　　善變，是那輕浮女子染上的惡習；

那比女人明亮的雙眼，顧盼間虛情不染
　　目光流轉處，萬物熠熠生輝
那匪匪君子如你，玉面冠絕世間；
　　男人矚目凝視，女人失魂敗潰；

原本該生為女子的你，
　　卻被那創生的造化所誤，
連屬於你的我，也被一併重擊，
　　因她給你添上那於我無用的一物，

既然造化讓你成為女人的快樂源泉，
就讓我擁有你的愛，而她們為你傳延。　　　（代雲芳譯）

Sonnet 21

　　本詩嘲諷當時俗爛的情詩，詩人的口氣尖酸，但是諷刺的對象不明：可能暗諷某一特定詩人，或是泛指一群套用陳腔濫調，寫些俗麗情詩的無聊墨客。

Sonnet 21

So it is not with me as with that Muse,

Stirred by a painted beauty of his verse,

Who heav'n itself for ornament doth use

And every fair with his fair doth rehearse,　　　　　　4

Making a couplement of proud compare

With sun and moon, with earth and sea's rich gems,

With April's firstborn flow'rs, and all things rare,

That heaven's air in this huge rondure hems.　　　　　8

O let me, true in love but truly write,

And then believe me: my love is as fair

As any mother's child, though not so bright

As those gold candles fixed in heaven's air.　　　　　12

　Let them say more that like of hearsay well;

　I will not praise that purpose not to sell.

1–4 行

1. that Muse: 繆思女神（古希臘和羅馬神話中司文學、藝術和音樂的九位女神之一）；此處指特定的詩人，也可指一群詩人。

2. Stirred: inspired. 受到啟發。

   painted beauty: a woman who wears makeup. 化了妝的美人；與 S20 第 1 行 "with nature's own hand painted" 形成對比。

3. heav'n itself for ornament doth use: (they have the impudence to) use heaven as an ornament. （魯莽厚顏地）以天堂般富麗堂皇的修辭作裝飾。

4. rehearse: (1) compare. 比擬；(2)（劇場的）排練。此字用做貶義，指爛詩人寫詩的過程像演員在排演時做重複的動作，只會比照著複製抄襲，了無新意。

5–8 行

5. couplement: conjunction of different elements, analogy. （以 A 代 B）比喻；此處指炫耀浮誇的比喻。

   proud: arrogant. 傲慢的。

   compare: comparison.

8. rondure: sphere; roundness. 球形；星球。

hems: (v.) form an edge or border on or around; enclose or confine.（在衣飾品的邊緣）縫一條邊；包圍，圍住。(n.) 衣服的邊緣。

9–12 行

11. any mother's child: proverb for anyone. 任何人。

12. those gold candles fixed in heaven's air: the stars. 固定在天空的金色蠟燭（意指星辰）。

13–14 行

13. hearsay: information unverified. 道聽塗說。

conventional or clichéd expression. 陳腔濫調、老套。

14. I will not praise that purpose not to sell: purpose (v.). 以（什麼）為目的、意圖。參考英文俗諺 "He praises who wishes to sell" (He who wishes to sell praises [trade goods, merchandize])，類似中文「老王賣瓜，自賣自誇」。本句意為：我無意於叫賣 (I purpose not to sell)，所以不會像那班庸俗墨客吹噓他的貨品；我的心上人是無價的珍寶。

Sonnet 21【翻譯】

我的詩神並不像那一位詩神
只知運用脂粉塗抹他的詩句,
連蒼穹也要搬下來作妝飾品,
羅列每個佳麗去贊他的佳麗,
用種種浮誇的比喻作成對偶,
把他比太陽、月亮、海陸的瑰寶,
四月的鮮花,和這浩蕩的宇宙
蘊藏在它的懷裡的一切奇妙。
哦,讓我既真心愛,就真心歌唱,
而且,相信我,我的愛可以媲美
任何母親的兒子,雖然論明亮
比不上掛在天空的金色燭臺。
　　誰喜歡空話,讓他盡說個不窮;
　　我志不在出售,自用不著禱頌。　　　　(梁宗岱譯)

Sonnet 22

　　首句以攬鏡自照開始，詩人卻不是自憐衰老，而是害怕見到所愛的人皺紋增添。第一節的敘述裡經過一個轉折：詩人的鏡子非鏡，而是與愛人彼此互為鏡影 (mirror image)；在愛人的皺紋裡始知死亡逼近。以下的鋪陳緊扣席德尼爵士 (Sir Philip Sidney, 1554–86) 名句："My true love hath my heart, and I have his,/By just exchange one for the other given." 「我的至愛得我心，以我心換他心」。出自《世外桃源・牧歌3》 (Arcadia, Eclogue 3) 中一首十四行詩的首兩句。席德尼是伊莉莎白女王時代文臣的典範，著名詩人。第二節環繞前輩詩人牧歌式的愛情告白，詩人進一步以解剖學的邏輯推論，既然我的心住進你年輕的胸膛，與你的青春同步，所以我不可能比你老，帶出第 8 行的設問 "How can I then be elder than thou art?" 清甜的知心比喻卻在對偶句出現扭轉，語帶警惕：我的心若被刺殺，別指望我能把你的心還給你。

Sonnet 22

My glass shall not persuade me I am old,

So long as youth and thou are of one date;

But when in thee time's furrows I behold,

Then look I death my days should expiate.　　　　　4

For all that beauty that doth cover thee,

Is but the seemly raiment of my heart,

Which in thy breast doth live, as thine in me:

How can I then be elder than thou art?　　　　　8

O! therefore, love, be of thyself so wary

As I, not for myself, but for thee will,

Bearing thy heart, which I will keep so chary

As tender nurse her babe from faring ill.　　　　　12

　Presume not on thy heart when mine is slain,

　Thou gav'st me thine not to give back again.

1–4行

1. glass: looking glass, mirror. 鏡子。
2. of one date: the same age.（青春和你）同齡；你正值青春。
3. furrows:⑴ deep lines on the face; wrinkles. 皺紋 。⑵ long deep cut made by a plough. 犁溝，畦。
4. look: contemplate. 沉思、思考。

    expiate: come to an end, expire. 到期，結束。

5–8行

6. seemly: proper. 合宜的。

    raiment: decoration. 裝飾。

9–12行

9. wary: cautious. 小心翼翼的。
10. will: will be wary of myself, will take care of myself.

9 – 10. 轉譯為現代英文：Be so cautious of yourself as I am, not for myself, but for your sake, I will be so. 但願你心似我心，珍惜你自己，如我因愛你而珍惜自己一般；意即彼此應當為對方保重身心。

11. keep so chary: cherish with utmost care. 保守如至珍。

    chary: (adv.) carefully. 參見馬婁的《浮士德》，浮士德博士

對魔鬼使者說："Thanks, Mephistophilis, for this sweet book/This will I keep as chary as my life." 「梅非托菲力，多謝這好書，我將愛惜它如性命。」(*The Tragical History of Doctor Faustus*, Scene 5)。

12. As tender nurse [protecting] her babe from faring ill：像保母一般呵護寶寶，不讓他生病。

13–14 行

13. presume not on: do not count on. 別指望、別以為。

14. give: be given; take.

Sonnet 22【翻譯】

這鏡子絕不能使我相信我老，
只要大好韶華和你還是同年；
但當你臉上出現時光的深槽，
我就盼死神來了結我的天年。
因為那一切妝點著你的美麗
都不過是我內心的表面光彩；
我的心在你胸中跳動，正如你
在我的：那麼，我怎會比你先衰？
哦，我的愛呵，請千萬自己珍重，
像我珍重自己，乃為你，非為我。
懷抱著你的心，我將那麼鄭重，
像慈母防護著嬰兒遭受病魔。

　　　別僥倖獨存，如果我的心先碎；
　　　你把心交我，並非為把它收回。　　　（梁宗岱譯）

Sonnet 22【翻譯】

此鏡無由言吾老，

惟吾青春與汝同；

若汝紋痕上眉梢，

吾將求去不戀生。

佳美環汝身被覆，

但為吾心作妝點；

吾心在汝汝在吾：

焉可衰頹更汝先？

故汝珍重宜似吾

實非為吾乃為汝，

胸懷汝心如抱囝

呵護至寶免痾瘵。

　　當吾心碎，汝亦成灰，

　　汝心予吾，終不回歸。　　　　　　　　（陳芳譯）

Sonnet 27

　　詩人遠遊在外，形體與愛人隔離。他描述相思之苦，朝思暮想，夜以繼日，以致於失眠。相思恨夜長，於是腦海裡開始一場長途旅程，匆忙奔向愛人，入夜後心神的疲乏尤甚於日間的奔波。

Sonnet 27

Weary with toil, I haste me to my bed,

The dear repose for limbs with travel tired;

But then begins a journey in my head

To work my mind, when body's work's expired;　　　　4

For then my thoughts (from far where I abide)

Intend a zealous pilgrimage to thee,

And keep my drooping eyelids open wide,

Looking on darkness which the blind do see;　　　　8

Save that my soul's imaginary sight

Presents thy shadow to my sightless view,

Which, like a jewel hung in ghastly night,

Makes black night beauteous and her old face new.　　　　12

　Lo, thus, by day my limbs, by night my mind,

　For thee, and for myself, no quiet find.

1–4行

1. toil: the toil of travel; toilsome journeying. 旅途勞頓。

   haste: hasten; rush. 匆忙。cause (sb.) to hurry. 催促（他人）。

2. travel: travail; toil. 伊莉莎白時期此字兼有勞累和旅行兩個
   意義，符合詩中兼指身與心的旅行。

4. To work my mind: to cause my mind to work. 指心思不寧，
   難以安歇。

   expired: stopped, ended. 結束、停止。

5–8行

5. abide: lodge. 居住。

6. Intend: set out upon; start doing or working on something in
   order to achieve an aim. 鎖定目標開始做某件事。

   pilgrimage: 朝聖之旅 ； 通常指到聖地膜拜聖者的長途旅
   程。羅密歐和茱麗葉在舞會邂逅，羅密歐即以朝聖之旅比
   喻渴慕接近茱麗葉。

   zealous: 火熱的、熱誠的。zeal: (n.) 特指宗教的火熱。

7 – 8. 轉譯為現代英文：As my thoughts travel, my eyes,
   though heavy and dropping, remain widely open, and, as
   though I were blind, all I see is darkness. 我心思的朝聖
   旅程，令我雙眼沉重，我雖睜大著眼，卻彷彿是個盲

人，所見只有一片黑暗。

9–12 行

10. shadow: image. 影子、形象。

   sightless view: 無景之景、看不見的看見。這是矛盾修飾語。

11. ghastly: terrifying. 嚇人的、恐怖的；指鬼魂、幽靈出現的黑夜。

   like a jewel hung in ghastly night: 好像掛在恐怖黑夜的一顆寶石。相似的比喻參見羅密歐潛入茱麗葉家花園的場景，看見伊人在陽臺現身："It seems she hangs upon the cheek of night/As a rich jewel in an Ethiope's ear" 「她掛在黑夜的頰上彷彿／衣索比亞人耳上閃亮的寶石」 (*Romeo and Juliet*, 1.5)。

Sonnet 27【翻譯】

跋涉累了我匆匆爬上床鋪，

四肢旅行疲倦寶貴的安息；

但接著頭裡展開一個旅途

來勞我心當身體工作完畢；

因我的思緒，不辭離鄉背井，

打算兼程赴遠處的你進香，

我睜開如餳欲合的眼睛，

向瞎子看見的黑暗凝望：

不過我的靈魂有隻千里眼

呈現你倩影給我失明雙眸，

像顆明珠在漆黑夜中高懸

把醜惡黑夜變成明媚白晝。

瞧！日理我四肢，夜間我的心，

為你，為我自己，找不到安寧。　　　　　　（陳次雲譯）

Sonnet 29

　　時運多舛，詩人心情跌落谷底，他的救贖在哪裡？本詩的邏輯結構清晰：第一節自道命運悲慘，呼天天不應；第二節寫嫉妒羨慕別人，覺得樣樣不如人；第三節峰迴路轉，詩人想到愛人，僅此一念立即使他看見天堂，化作雲雀歡唱。最後對偶句的口氣篤定，充滿正能量：甜美的愛令我富足，不羨帝王。心中記掛的愛人像是一根救贖的繩索，把詩人從絕望的谷底拉上天堂。

Sonnet 29

When, in disgrace with Fortune and men's eyes,

I all alone beweep my outcast state,

And trouble deaf heaven with my bootless cries,

And look upon myself and curse my fate,　　　　　　　4

Wishing me like to one more rich in hope,

Featur'd like him, like him with friends possessed,

Desiring this man's art and that man's scope,

With what I most enjoy contented least;　　　　　　　8

Yet in these thoughts myself almost despising,

Haply I think on thee, and then my state,

(Like to the lark at break of day arising

From sullen earth) sings hymns at heaven's gate,　　　12

　For thy sweet love rememb'red such wealth brings

　That then I scorn to change my state with kings.

1–4 行

1. disgrace: the shameful feeling; disfavor. 羞辱；不受喜歡。

   Fortune: 命運這字大寫，類似擬人化，表示命運厚此薄彼，對他不友善。 men's eyes: the eyes of the public. 大眾的眼裡。

2. all alone: 兩字以同樣的字母 a 起首押首韻。

   outcast: abandoned. 放逐的，拋棄的。

3. bootless: useless. 無益的。

5–8 行

6. featur'd (featured) like him: having his features, i.e. handsome. 擁有那人出眾的相貌、特徵。

   like him: i.e. like the man with fair features.

7. art: literary skills; ability. 文采；能力。

   scope: intellectual range; versatility. 知識的廣度；多才多藝。

9–12 行

9. despise: look down on. 鄙視、瞧不起。

10. haply: by chance, suddenly. 偶然地、突然地。

    state: mental or emotional state; mood. 情緒狀態；心情。

11. lark: 雲雀；這種鳥類喜歡在草地築巢，破曉即歡唱，聲達

雲霄。用以比喻詩人從低處飛躍而起,在天堂之門頌唱聖
詩。英詩中常以雲雀和夜鶯 (nightingale) 對照,前者在黎
明高歌,後者則喜歡深夜啼唱;可以借喻歌者、詩人或區
別早起的人和遲睡的人。

12. sullen: dull, heavy; depressed, bad-tempered. 沉重的 ; 悶悶
不樂的。

13–14 行

14. state: 這字在詩中出現三次,意義略有不同 : 第 2 行指飄
零落寞的狀態 (outcast state) , 第 10 行指內在的心理及情
緒狀態 (my state),第 14 行指可與君王相提並論的氣勢堂
皇 (my state: pomp)。前後呼應,代表詩人三個階段不同的
心態和處境,從自慚形穢,到自我感覺逐步提升,結束在
自我價值可比帝王之尊。所謂「境由心生」,詩人以三個
階段的情緒轉變見證愛的神奇力量。

Sonnet 29【翻譯】

面對命運的拋棄，世人的冷眼，

我唯有獨自把飄零的身世悲歎。

我曾徒然地呼喚聾耳的蒼天，

詛咒自己的時運，顧影自憐。

我但願，願胸懷千般心願，

願有三朋六友和美貌之顏；

願有才華蓋世，有文采斐然，

唯對自己的長處，偏偏看輕看淡。

我正耽於這種妄自菲薄的思想，

猛然間想到了你，頓時景換情遷，

我忽如破曉的雲雀凌空振羽，

謳歌直上天門，把蒼茫大地俯瞰。

　　但記住你柔情招來財無限，

　　縱帝王屈尊就我，不與換江山。　　　　（辜正坤譯）

Sonnet 29【翻譯】

鄙夷的目光萬箭穿心

汨汨之流在廢棄中漫遊，

我咒天，以微弱的徒勞之音，

來自承裝憤恨的下賤之軀，

貪戀著、垂涎著，

美貌魅力才能運氣，

想要擁有想要追索，

滿足無法將我挽留。

自賤的幽暗囹圄中，

你的光芒乍現

我是雲雀，穿梭雲裡霧中

在天堂之境高歌。

　　愛戀香甜，你是我的富足，

　　瓊樓華簷，無你只是破敗草廬。　　　　（呂宥儀譯）

Sonnet 36

　　起首兩句：你我的形體雖分為兩人，但在愛中又合為一體。乍聽起來詩人確認彼此之間的感情穩定，但接下來卻語多隱諱：詩人背負什麼汙點？做了什麼錯事他要獨自承擔？S33–S36隱約浮現兩人的嫌隙，可能有一方感情不忠，可能雙方都出了錯。整部商籟吊人胃口的是，雙方似乎都有出軌的痕跡，但是詩人從沒有講明白，更精確地說，莎翁刻意保持多邊關係的曖昧性。本詩的結構如大部分的商籟，可以簡化如下：起首拋出問題，結尾提出解決方案，中間描述問題的癥結，心路歷程的轉折等。這首詩在詩集的戲劇情節扮演樞紐位置：感情走下去必須有所妥協。認清愛的不完美，學習在灰燼裡撿珍珠。

Sonnet 36

Let me confess that we two must be twain,

Although our undivided loves are one:

So shall those blots that do with me remain,

Without thy help, by me be borne alone.　　　　　　4

In our two loves there is but cne respect,

Though in our lives a separable spite,

Which though it alter not love's sole effect,

Yet doth it steal sweet hours from love's delight.　　　8

I may not evermore acknowledge thee,

Lest my bewailed guilt should do thee shame,

Nor thou with public kindness honor me,

Unless thou take that honour from thy name.　　　　12

　But do not so, I love thee in such sort,

　As thou being mine, mine is thy good report.

1–4 行

1. twain:（古語）two separate beings; two.

1 – 2. 這兩句有《新約》使徒保羅關於婚姻教導的意象，參見以弗所書：「丈夫也當照樣愛妻子……為了這個緣故，人要離開父母，與妻子聯合，二人成為一體。」

"So ought men to love their wives as their own bodies...For this cause shall a man leave his father and mother, and shall be joined unto his wife, and they two shall be one flesh" (Ephesians 5: 28–31.)

3. blots: marks caused by ink split on paper; faults, disgrace. 汙點、墨跡；瑕疵、缺點。莎翁一生以寫劇本為業，當時用蘸水筆在羊皮紙上寫字，必須時時以壓墨器 (blotter) 吸乾墨水，但不免沾上墨跡，紙稿上到處斑斑點點。作家的用字 (diction) 和比喻反映他的日常生活，此為一例。

5–8 行

5. respect: focus of attention. 某一方面。

6. separable spite: spiteful separation. 造成痛苦的分離。

spite:（意欲造成他人痛苦）惡意，怨恨。

7. sole: unique; creating oneness. 獨一無二的；合而為一的。

詩人在這節強調：雖然有汙點，但愛仍持續：In loves we are

one; in lives we must be two. 以兩個押首韻的諧音字切割相愛
與生活的關連，顯見對於不完美的關係情願妥協。

9–12 行

9. not evermore: never henceforth. 從今後不再（如何）。

acknowledge: indicate that I know. 承認。

這節透露可能因彼此的不忠，另結新歡，也可能因雙方身分
地位的懸殊，詩人遭受外人嘲諷。他祈求在公開場合各自盡
量低調，不要炫耀兩人的交誼，以保護少男名譽。

13–14 行

13 – 14. I love thee in such sort/As: I love you so much that. as =
that.

thou being mine, mine is thy good report: 你屬於我， 我
是你的美譽。

report: （古語） repute, reputation; the way a person or
thing is spoken about. 名譽、名聲。

最後一句 thou...mine, mine...thy, 使用 「相同兩字反轉順序」
的修辭技巧。前面十二行都在強調分離的必要，避免閒言閒
語，結尾對偶句卻翻轉說詞，重新鞏固兩人的感情盟約。情
感的邏輯顯然高於理智的邏輯，自成一套論述。

Sonnet 36【翻譯】

讓我承認，我倆必須拆開，

相知相遇，與你合為一心；

但願汙漬，由我一人承載，

不求分擔，寧可獨挑雙分。

一種相思，共此一念一心，

兩處閒愁，只因閒言閒語，

始知你我，情不渝相憶深，

無端減損，度良辰共旖旎。

從今而後，多疏離少交談，

自慚形穢，不教你沾汙垢，

人面前，你我情分別彰顯，

除非你不計較，聲名蒙羞。

　　切莫切莫！愛君如許深重，

　　君心我心，但願為君美名。　　　　　（邱錦榮譯）

Sonnet 36【翻譯】

今日當與君分離，

雖吾愛與君相守。

曾經點墨惟我存，

更負汙穢獨自留。

至誠一片是此情，

惡意奈何分你我。

溯源此愛豈易拆？

卻盜歡愉偷快活。

視君如己今不再，

唯恐汙名毀君身。

切莫公諸吾贊名，

舍君榮光願於心。

　　寄情於君勿輕慢，

　　共享你我聲與名。　　　　　　　　　　　（黃婉瑄譯）

Sonnet 42

　　這首詩一開始就描述雙邊三角戀的關係，詩人的兩個愛人發生關係，而且雙方都知道詩人的存在，所以對詩人而言是雙重的背叛。這則摘要聽起來非常低俗而濫情，詩人自己的濫情在先，一齣三個人都有錯的劇本如何能成為好詩呢？冷處理，超脫或饒恕？且聽詩人如何分解。雖然黑女郎要到 S127 才正式上場，但一般評論家都把這裡的她定位為同一人。

Sonnet 42

That thou hast her it is not all my grief,

And yet it may be said I loved her dearly;

That she hath thee is of my wailing chief,

A loss in love that touches me more nearly.　　　　4

Loving offenders thus I will excuse ye:

Thou dost love her, because thou know'st I love her;

And for my sake even so doth she abuse me,

Suffering my friend for my sake to approve her.　　　8

If I lose thee, my loss is my love's gain,

And losing her, my friend hath found that loss;

Both find each other, and I lose both twain,

And both for my sake lay on me this cross.　　　　12

　But here's the joy; my friend and I are one;

　Sweet flattery! then she loves but me alone.

1–4 行

1. thou hast her: you have taken her.

2. dearly: very much.

3. wailing: crying with pain, grief, or anger. 悲嚎、痛苦呻吟。

4. more nearly: more deeply.

這節的第 1 和第 3 行互相平衡：“thou hast her” 你占有了她；“she hath thee” 她擁有了你。第 2 和第 4 行則押陰性韻腳，每行多出一個陰性音節（非重音的音節）dear-ly; near-ly。全節文字極簡而且大都是單音節的字，而 2、4 行的尾字是雙音節，陰性韻腳營造哽咽無奈之感。

5–8 行

5. loving offenders: i.e. the two have offended me by loving each other, and both had given love to me. 愛的冒犯者（兩者相愛，而兩者也都曾愛過我）。

7. abuse: wrong. 委屈、對不起某人。

8. approve: test, experience sexually. 測驗、經驗性行為。

9–12 行

9. my love's: my mistress's.

11. twain: two.

12. cross: affliction. 十字架代表痛苦、苦難。第 12 行和上一節
的第 8 行都用 "for my sake," 詩人自嘲的口氣，意思是：
你們兩人都知道我和他／她的關係，也算是為了我的緣故
（愛我所愛，愛屋及烏），讓我背負十字架。

13–14 行

14. flattery: delusion. 虛幻不實、自欺。

but: only.

Sonnet 42【翻譯】

你占有她，並非我最大的哀愁，
可是我對她的愛不能說不深；
她占有你，才是我主要的煩憂，
這愛情的損失更能使我傷心。
愛的冒犯者，我這樣原諒你們：
你所以愛她，因為曉得我愛她；
也是為我的原故她把我欺瞞，
讓我的朋友替我殷勤款待她。
失掉你，我所失是我情人所獲，
失掉她，我朋友卻找著我所失；
你倆互相找著，而我失掉兩個，
兩個都為我的原故把我磨折：

　　但這就是快樂：你和我是一體；
　　甜蜜的阿諛！她卻只愛我自己。　　　　（梁宗岱譯）

Sonnet 44

　　西元前八世紀希臘的哲學家建構四項基礎元素的理論。希臘哲學認為宇宙萬物之初是由四種基本元素所構成：土 (earth)、水 (water)、氣 (air)、火 (fire)。依照下重上輕的排序，土沉於底層，水浮於土，空氣漂浮其上，而火在更上層。這四種元素不只是物質世界的組成元素，也是人性的基礎因素。土，堅實，連結到生命的物質和感官；水，經常流動與變遷，代表情感和同理心；氣，不只是我們呼吸的空氣，也代表心靈、智慧和靈感；火代表太陽和火焰，也象徵創造的熱情和毀滅的熾烈。理想健康的個體由四種元素互相調和，達到平衡狀態。這首詩藉此託喻相思之情：心（思）如空氣，慾望如火；兩者質地輕盈，可以迅速穿梭在詩人和愛人中間。詩人唯願他的身體由心（思）組成，可以跨越重重障礙飛躍到愛人身旁；可嘆肉體是土和水，土使他消沉，水讓他哭泣。

Sonnet 44

If the dull substance of my flesh were thought,

Injurious distance should not stop my way;

For then despite of space I would be brought,

From limits far remote, where thou dost stay.　　　　4

No matter then although my foot did stand

Upon the farthest earth removed from thee,

For nimble thought can jump both sea and land

As soon as think the place where he would be.　　　　8

But ah, thought kills me that I am not thought,

To leap large lengths of miles when thou art gone,

But that, so much of earth and water wrought,

I must attend time's leisure with my moan,　　　　12

　Receiving nought by elements so slow

　But heavy tears, badges of either's woe.

1–4 行

1. dull: heavy, sluggish. 笨重的，怠惰的；指身體的笨重。參見羅密歐的自言自語："Turn back, dull earth, and find thy center out." 「轉身回來，笨重軀殼，去找出你的重心」(*Romeo and Juliet*, 2.1)。他在舞會場景和茱麗葉邂逅，心思留在她身上，好似身體失衡，遲遲無法離去。

3. space: distance, separation. 比喻阻隔。be brought: be able to come.

4. limits: regions. 此處指遠地。

5–8 行

6. farthest earth: 距離你最遠的地方。

7. nimble: quick. 輕盈的。

8. he = it (thought).

9–12 行

9. thought...thought: 第二個 thought 指第 7 行詩人心目中「念及身及」的 nimble thought，想到哪裡，立刻就到達那裡，也是第 8 行的 "he," 所以可視為擬人化、大寫的 Thought。這句話可轉譯為：I'm killed by the thought that I am not Thought. 「想到我不是輕盈的心思，此念令我痛斷腸。」

10. leap: jump, bound. 跳躍。

11. wrought:（= worked；work 的過去分詞，詩歌常用此字）；
made (out of), composed. 由（什麼）組成。

12. attend time's leisure: wait until time has leisure (to do). 等候
時間到來（將時間視為有自主意識的有機體，可以決定什
麼時候有空去做某件事情）。

moan: lamenting. 哀傷。

13–14 行

13. nought: nothing.

elements so slow: i.e. the heavy earth and water. 土和水較
重，移動緩慢。

14. badges of: symbolic of. 象徵的。

Sonnet 44【翻譯】

假如我這笨重的肉體如輕靈的思想，

那麼山重水復也擋不住我振翅高翔，

我將視天涯海角如咫尺之隔，

不遠鴻途萬里，孤飛到你身旁。

此刻我的雙足所立的處所

雖與你遠隔千山又有何妨，

只要一想到你棲身的地方，

這電疾般的思想便會穿洲過洋。

然而可嘆我並非是空靈的思緒

能騰躍追隨你的行蹤越嶺跨江，

我只是泥和水鑄成的凡胎肉體，

惟有用浩嘆伺奉蹉跎的時光。

　　唉，無論土和水於我都毫無補益，

　　它們只標誌着哀愁令我淚飛如雨。　　　（辜正坤譯）

Sonnet 44【翻譯】

唯盼身若芳飛緒　一思天涯未是長
我居北海君南海　再思須臾過重洋
只恨生來黃沙河　怨上心頭痛斷腸
參商相去豈萬里　滿腹牢騷侍韶光
生於水土無是處　涕淚欄杆兩自傷　　　　　　（周予婕譯）

Sonnet 45

　　S44 與 S45 是一對詩組，互為指南 (companion-piece)，前一首聚焦在氣、火兩個輕盈的元素，這一首轉移到土、水兩個沉重元素。由於思念（氣和火）總是飛向愛人，詩人的身心組合只剩兩個沉重元素，因此憂鬱而潸然淚下。好不容易思念的使者帶回愛人平安無恙的佳訊，詩人的身心不藥而癒，但是報平安的使者瞬間又飛回愛人那兒，如此離合循環不已。詩中四個元素幾乎都被擬人化，每一個都可視作詩人的分身，各自代表他不同的面向。兩詩合觀，說的都是相思之苦，黯然銷魂。

Sonnet 45

The other two, slight air and purging fire,

Are both with thee, wherever I abide;

The first my thought, the other my desire,

These present-absent with swift motion slide. 4

For when these quicker elements are gone

In tender embassy of love to thee,

My life, being made of four, with two alone

Sinks down to death, oppress'd with melancholy; 8

Until life's composition be recured

By those swift messengers return'd from thee,

Who even but now come back again, assured

Of thy fair health, recounting it to me. 12

 This told, I joy, but then no longer glad,

 I send them back again and straight grow sad.

1–4 行

1. slight: fine, rarefied, thin. 細緻的、輕薄的。

   purging: cleansing. 煉淨、潔淨。根據天主教教義，靈魂在升天以前會經過煉獄 (purgatory)，得到烈火的潔淨。詩人比喻慾望如同煉獄之火，既熾烈也有罪。

2. abide:（文學用語）rest, remain, stay. 居留。I abide: I am.

4. present-absent: here and there in turns; not with me yet with my lover. 輪流在此處或在彼處；在他那兒或在我這兒。

5–8 行

6. embassy: duty and mission of an ambassador. 大使的職務。in tender embassy of: 派遣出使；代表我（溫柔地）傳遞訊息。

8. oppress'd: overcome.（使人）力不能勝、筋疲力竭。

9–12 行

9. recured: recurred, restored.（身體）復原、康復。

11. who: which (fire and air).

even but now: at this very moment. 就在此時此刻。

13–14 行

14. straight: instantly, immediately.

Sonnet 45【翻譯】

我另外兩個元素，清風和淨火，
不論我待在哪裡，都跟在你身旁：
這些出席的缺席者，來去得靈活，
風乃是我的思想；火，我的渴望。
只要這兩個靈活的元素離開我
到你哪兒去作溫柔的愛的使者，
我這四元素的生命只剩了兩個，
就沉向死亡，因為被憂傷所壓迫；
兩位飛行使者總會從你那兒
飛回來使我生命的結構復原，
甚至現在就回來，回到我這兒，
對我保證，說你沒什麼，挺康健；
　　　我一聽就樂了；可是快樂得不久，
　　　我派遣他們再去，就馬上又哀愁。　　　（屠岸譯）

Sonnet 45【翻譯】

一把情火旺　一縷思煙長

時時捎吾念　綿延至汝鄉

鴻雁把情轉　快意馳遠方

空留惆悵緒　獨恨窮時光

仰頸殷殷盼　喜訊遲遲揚

何地何處是　此時此夜祥

笑罷還提淚　鯉魚歸汝旁

雖可不相念　情願思斷腸

（周予婕譯）

Sonnet 54

　　玫瑰不僅是英國貴族的典型比喻，在商籍詩集中更成為美少男的代稱。本詩再度歌頌少男的文質兼備，與世俗的人形成天壤之別，就如玫瑰外貌和芬芳兼備，而野薔薇擁有的只是外表。這首詩如果放在詩集的脈絡中觀察，與前後 S53、S55 合併閱讀，詩人此時已經發現好友不單純，失去理想化的形象。這首詩的歌頌與讚美都出自於一廂情願 (wishful-thinking)，甚至帶有祈求，祈求所愛能如玫瑰般芬芳純潔，不至於淪落為野薔薇。

Sonnet 54

O, how much more doth beauty beauteous seem

By that sweet ornament which truth doth give.

The rose looks fair, but fairer we it deem

For that sweet odor which doth in it live.　　　　4

The canker blooms have full as deep a dye

As the perfumed tincture of the roses,

Hang on such thorns, and play as wantonly

When summer's breath their masked buds discloses;　　　8

But, for their virtue only is their show,

They live unwoo'd and unrespected fade,

Die to themselves. Sweet roses do not so,

Of their sweet deaths are sweetest odors made.　　　　12

And so of you, beauteous and lovely youth,

When that shall vade, my verse distils your truth.

1–4行

2. truth: essence, reality. 本質。

5–8行

5. canker blooms: dog roses, wild roses, regarded as weeds. 野薔薇，常被視為野草。

6. tincture: dye, color. 顏色。

7. wantonly:（1）sportively, lustfully. 活潑有生氣地。（2）mischievously. 調皮搗蛋地，惡作劇地。

9–12行

9. for: because.

show: appearance. 表象。參見哈姆雷特的話："But I have that within which passes show"「但我內心的沉痛遠勝於外表」（喪服，嘆息、憂傷等形諸於外的表象）(*Hamlet*, 1.2)。

10. unwoo'd (unwooed): 無人問津的。

woo: (v.) 追求、求愛。

unrespected: disregarded. 被冷落的、不引人注意的。

13–14 行

14. vade: fade, go, depart.

distils: purifies. 蒸餾；以蒸餾法純化、提煉（精油、香精）。全句以玫瑰的芬芳比喻所愛者的精華。即使玫瑰凋謝，它所提煉出的香精留存人間，而好友的精華留在詩行。詩人以先見力想像好友的死亡，預見死亡正在眼前發生的景象。

Sonnet 54【翻譯】

啊，美人你看起來還要更美，

因那分真賦予你的絕美裝飾。

玫瑰本已美麗，但我們眼中的它還要更美

因那與生俱來的甜美香氣。

野薔薇的花色豔麗如染，

似有玫瑰的香氣將之縈繞，

身上同樣有刺，一般恣意綻放。

當夏日的氣息吹開它含苞的花蕾，

但它擁有的終究只是表象。

活著時無人追求，消逝後無人緬懷，

死得無聲無息。而鮮美的玫瑰卻不是這樣，

用那甜蜜的死亡，煉就最美的芳香。

　　而你也是如此，美麗而可愛的青年，

　　若一日你將離去，這詩行將成就你的芬芳。

（代雲芳譯）

Sonnet 60

　　本詩的主題「時間」具有普世性，容易引起共鳴。前三節分別以海浪、太陽的起落、農耕的鐮刀三種意象，描寫「時間」的急迫節奏以及對青春與美麗的殺傷力。至於詩人說話的對象則到最後兩行才顯現，對偶句收尾在詩人預設的雙重目標：讚美愛慕的人以及宣告自己的詩不朽。這個雙焦點的企圖最早見於 S18，逐漸成為「美少男詩串」迴旋的主題。S60 書寫時間的流逝，文字優美，傷逝之感如此深邃，令人同感哀傷。這首詩在中文翻譯史另有特殊意義：前輩學者孟憲強認為胡適的悼亡詩〈哭樂亭詩〉是本詩第一節的翻譯，標舉胡適之作為中譯莎翁商籟的第一個具體記錄。細看胡適的五言絕句的確有 S60 的影子，他採用商籟 ab ba 韻腳，前 3 句內容取材自第一節，第 4 句則是第二節的濃縮。

Sonnet 60

Like as the waves make towards the pebbled shore,

So do our minutes hasten to their end;

Each changing place with that which goes before,

In sequent toil all forwards do contend.　　　　　4

Nativity, once in the main of light,

Crawls to maturity, wherewith being crown'd,

Crooked eclipses 'gainst his glory fight,

And Time that gave doth now his gift confound.　　8

Time doth transfix the flourish set on youth

And delves the parallels in beauty's brow,

Feeds on the rarities of nature's truth,

And nothing stands but for his scythe to mow:　　12

　　And yet to times in hope my verse shall stand,

　　Praising thy worth, despite his cruel hand.

1–4 行

1. as: when.

   make: progress. 前進。

   pebbled: 布滿碎石的。pebble: (n.) 碎石。

2. hasten: be quick to do something. 急忙去做某件事。

第 1、2 行以明喻揭示生命每分鐘奔向終點就「像」(like) 浪潮奔向碎石海灘。海灘是海浪的終點，也是死亡的隱喻。

3. changing place with: taking the place of. 取代（某物／人）。

4. In sequent toil: toiling one after another in close succession. 後浪推前浪。

   toil: work hard or incessantly. 奮力不懈地工作、操勞。

   forwards: forward.

   contend: struggle.

第一節以大海打開「時間」的場景，以海浪拍打沙灘帶出後浪推擠前浪的視覺印象，海浪的前仆後繼頗有世代交替的悲壯況味。

5–8 行

5. Nativity: i.e. the new-born child. 新生兒。

   main: vast expanse. 寬廣的一大片，此處指海洋。

   light: sunshine.

6. Crawls to maturity: 爬向成熟。前一行說嬰兒誕生，這一行已經可以爬行，爬向成熟期，節奏之快，令人怵目驚心。
being crown'd (crowned): 戴上皇冠、冠冕；比喻達到高峰。

7. Crooked eclipses'gainst (against) his glory fight: Crooked eclipses fight against his glory.
Crooked: (1) dishonest, malignant. 欺騙的、詭詐的。(2) not straight, twisted, bent: 彎曲的，（形容老人）佝僂的。
eclipses: (1) solar or lunar eclipses. 日蝕、月蝕。(2) loss of brilliance, power, reputation. （比喻用法）失去光芒，晦暗。

8. Time...confound: Time, which gives life, now takes it away. 時間給了生命，又把它收回；以大寫的 Time 把時間擬人化，「時間」既是餽贈者 (giver)，又是毀滅者 (destroyer)。
confound: destroy.

7、8 兩行可以兩個層面解釋。一、天空景象：太陽到達天頂，被詭詐的力量（日蝕）遮蔽光芒。二、人間景象：人到盛年後，他的榮耀很快地被自己的年紀（佝僂的老年軀殼）毀壞。兩者都直指歲月無情，摧毀青春、榮耀和成就。

9–12 行

9. transfix the flourish: pierce through the outward decoration.
transfix: pierce through. 刺穿，戳穿。 flourish: the blossom

on a fruit tree. 果樹開花的繁茂。第 9 行意指青春猶如果樹開花，本來可以期許結實纍纍，但遭到「時間」摧殘（花瓣被害蟲啃蝕、萎凋等原因）。

10. delves the parallels: digs the furrows.「時間」在美貌的眉梢上犁田，掘出一條條皺紋。

parallels: furrows. 犁溝；wrinkles. 皺紋。

11. Feeds on the rarities of nature's truth: consumes the most precious things nature produces. 消耗大自然的精華。

rarities: 精華，稀珍之物。

nature's truth：果樹所結的果實；比喻青春。

12. nothing stands but for his scythe to mow: i.e. everything in nature is subject to his scythe. 萬物都受制於時間的鐮刀收割。

scythe: Time's scythe. 時間／死亡的鐮刀。

mow: cut down grass with a scythe. 以鐮刀割草。

第三節以農藝的意象（果樹、鐮刀）刻畫青春遭受「時間」破壞的情狀。

13–14 行

13. in hope: future.

stand: endure.

Sonnet 60 【翻譯】

像波浪滔滔不息地滾向沙灘：

我們的光陰息息奔赴著終點；

後浪和前浪不斷地循環替換，

前推後擁，一個個在奮勇爭先。

生辰，一度湧現於光明的金海，

爬行到壯年，然後，既登上極頂，

凶冥的日蝕便遮沒它的光彩，

時光又撕毀了它從前的贈品。

時光戳破了青春頰上的光艷，

在美的前額挖下深陷的戰壕，

自然的至珍都被它肆意狂喊，（原文如此；應為砍）

一切挺立的都難逃它的鐮刀：

　　　可是我的詩未來將屹立千古，

　　　歌頌你的美德，不管它多殘酷！　　　　　（梁宗岱譯）

Sonnet 64

　　莎翁的創作時期正值西歐文明由口述傳統邁向文字敘述，本詩見證這個歷史文化的轉捩點。詩人透過文字思考如何超越死亡，例如詩行是否可以掌握永恆。詩人以歷史學家、哲學家、考古學家的多重眼光，穿透歷史長鏡觀視雄偉的古蹟和滄海桑田的地貌變遷，最後定格在個人小世界的情愛關係，他瞭解這一切終將過去，惆悵憂傷，心中充滿不捨。全詩有四行都以 When 起首，導引一幕幕的場景，劇情懸疑迭起，引人入勝。

Sonnet 64

When I have seen by Time's fell hand defaced

The rich proud cost of outworn buried age;

When sometime lofty towers I see down razed

And brass eternal slave to mortal rage;　　　　　　　4

When I have seen the hungry ocean gain

Advantage on the kingdom of the shore,

And the firm soil win of the watery main,

Increasing store with loss and loss with store;　　　8

When I have seen such interchange of state,

Or state itself confounded to decay;

Ruin hath taught me thus to ruminate,

That Time will come and take my love away.　　　12

This thought is as a death, which cannot choose

But weep to have that which it fears to lose.

1–4 行

1. fell: savage, cruel. 殘暴的。

   deface: spoil the surface of appearance of (something). 毀損（某物的）表面；damage, ruin. 破壞。

2. The rich proud cost: the monuments of antiquity; antiques. 古蹟、古董。

   proud: magnificent. 壯麗的，莊嚴的。

   cost: ⑴ extravagance. 華麗。⑵ something costly. 昂貴奢華之物。

3. sometime: once, formerly. 一度的、曾經的。參見《哈姆雷特》新王科勞地弒兄娶嫂之後，在朝會介紹新后："...our sometime sister, now our queen"「朕過去的皇嫂，如今的皇后」(*Hamlet*, 1.2)。

   down razed: razed to the ground. 被夷為平地。

4. brass eternal: 永恆的黃銅。教堂地板的鑲嵌、紀念碑、死者墓碑等多以黃銅鑄造，象徵人類對永恆的渴望，然而黃銅不常擦拭就會生鏽變色，並不具有永恆性。

   slave to: 臣服於。

   mortal rage: destructive power of mortality. 死亡的摧毀力。

   mortality: 凡人生命的有限，終將一死。本句意為：And eternal brass forever succumbs to death's violence. 看似不變

的黃銅屈從於死亡的力量。嘲諷生命的有限性，永恆只是
虛妄的幻想。

5–8行

7. main: a wide expense of sea.（詩歌用語）大海、滄海。

8. store: abundance, plenty. 豐饒、富庶。

本節以大海與陸地的競爭，描寫時間摧殘的可畏力量；5–6
「飢餓的」海洋向陸地奪取水域；7–8「堅毅的」陸地向海
洋反擊，贏回土地。詩人以兩個對立的形容詞把海與陸的爭
奪戰擬人化、戲劇化，反覆使用兩個單音節的字加強動感和
力度："store with loss and loss with store," 再以「同樣的兩字
反轉順序」修辭，"store...loss...loss...store" 模擬潮汐的動態。
詩人彷彿站在岸邊，伴隨漲潮退潮的節奏，見證海岸線的變
遷和時間的流逝。

9–12行

9. state: (1) condition. 狀態。(2) kingdom, sovereign territory. 領
土。(3) greatness; pomp. 雄壯；浮華。

10. confounded: reduced. 縮小、縮減。

11. ruminate: meditate; turn over in the mind. 反覆思索。

13-14 行

14. to have: at having.

13-14 兩句轉譯為淺白英文 ： This thought to me is as death, and it makes me unable to choose to do anything but weep at having that (love/lover) which I fear to lose. 意為：害怕失去現在擁有的 （愛或愛人），而此念於我猶如死亡，使我別無選擇，唯哭泣而已。

Sonnet 64 【翻譯】

我見過時間那無情的手摧毀

過去埋葬歲月的繁華與榮光

我見過曾經高聳的樓臺塌潰

不變的黃銅屈服於死亡的力量

我見過飢渴的大海掠奪

海岸王國的領地土壤

以及堅實的大地收復故土

盈缺交替，此消彼長

我見過國土之間的占領侵擾

或是一朝浮華走向破敗

毀滅教導我開始思考

意識到時間終將帶走我愛

　　　這念頭如同死亡，讓人無力面對

　　　唯有哭泣，為那懼怕失去的。　　　　（代雲芳譯）

Sonnet 64【翻譯】

（天香慢）

尋步憑古，

見時光殘，千古宮闕荒墓。

古來神堂，巍峨聖塔，

而今殘垣色暮。

金銅飾雕，怎敵它、

歲月刀斧。

滄海桑田，盈虧數，

更此出彼沒。

斷壁殘垣到處。

看遍易道興亡路。

方思量、歲月盡、吾愛終腐。

此念如死似灰，

欲止淚長流，止不住。

終將永別，

此生歡度。　　　　　　　　　　（黃必康譯）

Sonnet 71

　　本詩大意：喪鐘停止時，別再為我哀悼。如果你讀到這首詩，忘記作者，因我愛你太深，寧可你忘記我，也不願你哀傷。我離世後，如果你碰巧看見這詩，不要提起我的名字，以免世人嘲笑，因為我不值一提。莎翁商籟寫作的主要時期與倫敦大瘟疫 (1592–94) 重疊，喪鐘常在耳邊響起，提醒生命有終期，不免一死。詩人運用這個主題，談到身後之事。一反稍前對少男失望、嚴屬地指責，現在他放低身段，卑微地祈求被遺忘。打同情牌 (pity cards) 是以退為進之策，也可能是「被動攻擊」(Passive Aggressive) 的行為，以看似消極的言語表達對愛人的慍怒和不滿。

Sonnet 71

No longer mourn for me when I am dead

Than you shall hear the surly sullen bell

Give warning to the world that I am fled

From this vile world with vildest worms to dwell;　　　4

Nay, if you read this line, remember not

The hand that writ it, for I love you so,

That I in your sweet thoughts would be forgot,

If thinking on me then should make you woe.　　　8

O! if, I say, you look upon this verse,

When I perhaps compounded am with clay,

Do not so much as my poor name rehearse,

But let your love even with my life decay;　　　12

　Lest the wise world should look into your moan,

　And mock you with me after I am gone.

1–4 行

2. surly: rude, bad-tempered. 粗暴的。

sullen: grouchy, moody. 悶悶不樂的。注意這兩字以同樣的子音 /s/ 起首押首韻。

bell: the passing bell, death bell. 喪鐘；為宣告死亡或葬禮而敲起喪鐘。伊莉莎白時期住在鄰近的人都彼此認識，教堂的喪鐘響起，附近區域全都聽得到，鄰居都知道為誰而敲響。約翰‧多恩 (John Donne, 1572–1631) 的祈禱詩："Never send to know for whom the bell tolls; It tolls for thee." 「不要差人探詢喪鐘為誰敲響；它為你敲響」。海明威 (Ernest Hemingway, 1899–1961) 的小說 《戰地鐘聲》 (*For Whom the Bell Tolls*, 1940) 即以喪鐘的概念為名。

4. vile: 墮落的、惡劣的，與 vildest 前後呼應，押首韻。vile world 是通俗用語，不需特別強調它的負面意義，類似中文的「濁世」。vile = vilde; vildest = vilest.

5–8 行

6. writ:（古語）write 的過去式 = wrote, 也作過去分詞 = written.

8. make: cause.

9–12 行

10. compounded: mingled. 混合。

　　(am) compounded with clay：化為塵土。

11. poor: worthless. 沒有價值的、不值一提的。

　　rehearse: repeat. 重複（呼喚我的名字）。

12. even with: at the same time as.

13–14 行

13. the wise world: 與第 4 行的 this vile world 形成反差。這邪
　　惡世界因同情我、愛憐我而成為有智的世界，蓋因情感是
　　智慧的要素。

14. with me: for loving me (not "together with me").

Sonnet 71【翻譯】

當我過世時別為我感到悲痛
甚於你聽到喪鐘抑鬱的悲鳴
告知這個世界我已離世遠行
離開這齷齪世界與蛆蟲共生。
別，倘你讀到這詩行且忘掉
那寫詩的手；因我如此愛你，
在你美好思緒裡且把我忘掉
如果想到我會讓你感到悲戚。
噢，倘使好比你想起我詩作
而我（說不定）已化為塵土，
別反復把我可憐的名字述說，
而該讓你的愛隨我過世根除：
　　不然這聰明世界將探你哀傷
　　以我來嘲諷你即使我已遠颺。　　　　（林璄南譯）

Sonnet 71【翻譯】

當我死了，你就不用傷悲，再想我

你會聽到，喪鐘悶悶不樂，無情響起

在我逃離後，它仍會不停警告天地喔

這不值得說的天地，寄居著最無奇的東西。

如果你讀到這首詩，記得喔，不要

不值得替寫詩的手悲傷，只因我，如此愛你，

在你甜蜜的回憶裡，記得忘掉我的逍遙，

老是想著我，只會讓苦惱不幸一路跟著你。

唉！我還想說，若你看得起這首詩撐起的美姿，

也許吧，那時我早已是，塵土虛擬的衣袖，

你心中就不要老是重溫，我那可憐蟲的名字；

儘管讓你的愛隨著我的氣息，枯萎腐朽；

　　這樣子，天地就會聰明伶俐，冷看你悲嘆，

　　免得，我離開後，它們把你當可笑來談。（蔡榮裕譯）

Sonnet 73

　　本詩極可能與莎翁在故鄉史特拉福與倫敦之間的旅程所見有關，詩人中晚年的心境融入自然的景物。什麼景象令他心生感觸？讓我們回顧一段歷史。

　　英王亨利八世欲與第一任妻子凱瑟琳 (Catherine of Aragon, 1485–1536) 離婚，另娶安・寶琳（Anne Boleyn, 1501–36，伊莉莎白一世的生母）。再婚的議題不見容於羅馬教廷，他遭受斥絕以及逐出教會的大絕罰 (excommunication)。因此英國脫離羅馬天主教，亨利八世自立「英國國教」，集政教兩權於一身。1536 年頒訂「修道院解散令」(*The Dissolution of Monasteries*)，當時英國約有八百個修道院，有些早已沒落。解散令啟動後，修道院的土地、財產被充公，不少修道院的住持被處絞刑，僧侶、修士各作鳥獸散，由男童組成如天籟般的教堂詩班已不復可尋。英國加入早已蔓延歐陸的宗教改革之路。這場引起劇烈政爭的「英國宗教改革」，新教（改革宗）與舊教各擁其主，角力的過程極為艱辛和血腥，最後伊莉莎白一世從瑪麗女王手中奪取大位，終於塵埃落定，英國成為新教國家 (Protestant State)。這是莎翁時

代的前朝簡史，可以想見他在故鄉與倫敦之間的旅程，很可能騎著馬，一路看到為數不少廢棄傾頹的寺院，只有斷垣殘壁見證它們曾經存在，天籟般的詩班已成絕響。寺院凋零的殘景，中晚年的心情，詩人抒情詠物，勾勒出一幅繁華落盡，寂靜無聲的深秋景象。

[以下引自林境南教授的註解] 整首詩在結構上依循的是莎士比亞典型的十四行詩的結構：每四行詩自成一個小單元 (quatrain)，總共有三個小節，每個小節則狀寫不同的譬喻，例如頭四行的黃葉飄零；5 到 8 行的夕陽餘暉；9 到 12 行的灰燼餘火。每個小節並各自以句點作結。然後再用最後兩行 (couplet) 總結收尾。學者揣測，莎士比亞寫這首詩的時候，說不定還不到四十歲，但他這首詩卻寫得好像已有若干年紀似的。整首詩充滿沉思的語調，直到結尾兩行語氣才為之一轉。

Sonnet 73

That time of year thou mayst in me behold,

When yellow leaves, or none, or few do hang

Upon those boughs which shake against the cold,

Bare ruined choirs where late the sweet birds sang.　　　　4

In me thou seest the twilight of such day

As after sunset fadeth in the west,

Which by and by black night doth take away,

Death's second self that seals up all in rest.　　　　8

In me thou seest the glowing of such fire

That on the ashes of his youth doth lie,

As the deathbed whereon it must expire,

Consum'd with that which it was nourished by.　　　　12

　This thou perceiv'st, which makes thy love more strong,

　To love that well, which thou must leave ere long.

1–4 行

4. bare: empty. 光禿禿的。

   choir: church choir; part of the church building for the choir. 教堂的詩班；詩班的席位所在處。

   late: lately, not long ago. 最近地、不久前。

本節把寒風中瑟縮的樹枝和教堂裡拱門 (arches) 上裝飾的樹枝樹葉連結；小鳥鳴叫和詩班吟唱的聖樂連結。兩者的集合點出一個秋，大自然的風掃落葉和詩人心底的悲秋。S18 詩人之眼專注在好友身上，凝視他青春的完美綻放，在 S73 詩人移轉注意力到自己，祈求愛人的目光注視他，所看見的即是第 1 句："That time of year thou mayst in me behold," 晚景已寫在詩人臉上，不言而喻。

5–8 行

5. twilight: faint half-light before sunrise or after sunset. 微明、曙光、薄暮。

7. by and by: after a while, soon. 不久、不一會兒。

8. Death's second self: night. 黑夜是死亡的分身。

   seals: closes. 第二節描寫一天之內薄暮的光景，以第 5 行的「微明」呼應第 6 行的「日落」，黑夜緊接著一點一點逼近。

9–12行

10. That: as.

11. deathbed: the bed where someone is dying or has died. 臨終時的臥床，經常引伸為臨終之時。詩中取第一意。

    expire: come to an end. 結束、死亡。

12. Consum'd...nourished: 被原先滋養它的東西消耗殆盡。本句以「消耗」和「滋養」兩個反義字描寫命終情景，類似中文的「油盡燈枯」。

11–12 莎翁時代多半以 his 取代中性的 it，但這兩句罕見地用 it，確切所指不明，但全段意義可以理解。也許這個中性代名詞指的是無以名之，沒有實體，但卻主宰生命的奧祕能量，可能指第 9 行的 "such fire."

13–14行

13. perceiv'st (perceive): see, become aware of. 看見、意識到。

14. ere long: before long. 不久。

    that...which: me. 結尾對偶句是詩人的祈求：當你看見我日薄西山，但願你可以愛我更多些，因為來日無多。

Sonnet 73【翻譯】

（桑榆暮景）

那個時節，你彷彿在我身上看到

黃葉，若有似無，隨風搖曳飄蕩

在樹梢上，在寒風中，兀自飄搖

如殘敗教堂唱詩班，好鳥枝頭唱。

在我身上，你有如看到夕陽餘暉

就像是那夕陽行將要消逝於西天，

很快的，黑夜即將會吞滅掉餘暉，

化身死神封鎖一切，彷彿沒明天。

在我身上你看見閃耀火光的餘火

在他年輕歲月的灰燼裡明滅閃爍

如人在臨終床上將沒了生命之火，

將為原先長養助長的東西所消蝕。

　　你感受到這點，使你的愛意增強，

　　更愛我因你知道相處之日不久長。　　（林璟南譯）

Sonnet 74

想像死亡來臨那一刻，如何安慰所愛的人。詩人以靈肉的二元辯證，溫柔地告訴好友：肉體是個臭皮囊，會消融腐壞，不值一文；靈魂——我較好的部分，永遠屬於你。我的靈魂將活在詩中，死神奪不去，讀詩如見我，我的靈永遠陪伴你。對照前面的詩，例如 S18，詩人宣告他的詩將使好友永不凋零，S74 則逆轉為詩人的自我觀照，宣告自己在詩中的永恆。S70–S74 環繞死亡的主題，思考面對死亡不同的對應。

Sonnet 74

But be contented when that fell arrest

Without all bail shall carry me away,

My life hath in this line some interest,

Which for memorial still with thee shall stay.　　　4

When thou reviewest this, thou dost review

The very part was consecrate to thee:

The earth can have but earth, which is his due;

My spirit is thine, the better part of me.　　　8

So then thou hast but lost the dregs of life,

The prey of worms, my body being dead,

The coward conquest of a wretch's knife,

Too base of thee to be remembered.　　　12

　The worth of that is that which it contains,

　And that is this, and this with thee remains.

1–4行

1. be contented: do not repine. 不要抱怨、不要愁苦；意為接受現實。類似的口語：就這樣吧！

   fell: cruel. 殘酷的。

   arrest: 逮捕。

2. bail: 保釋金（被告付與法院的金額以保證按時到庭應訊）。死神是自然律的殘酷僕人（差役），執行逮捕毫不留情，不准保釋。同樣的意象見於哈姆雷特的話："This fell sergeant, Death,/Is strict in his arrest" 「但死亡這殘忍的捕頭／勾拿人命毫不留情」(*Hamlet*, 5.2)。

3. this line: this line of verse; this poem. 以一行詩代表全詩，「以部分代表全體」的修辭。

   interest: share, participation. 股分、參與的一分。本句意為：我的人生對此詩有些權利，死後可以遺贈給你留念。

4. still: always.

5–8行

6. The very part: the very part of me.

   consecrate: dedicate, dedicated. 獻給（某人）。

7. but: only.

這一節的文字趣味在於同一個字的重複出現：第 5 行 When

thou reviewest this, thou dost review. 第 7 行 The earth can have but earth,「重複使用同一個字或詞」的修辭，增強語氣的力度。

9–12 行

9. dregs: 殘渣，如咖啡渣 (coffee dregs)；the worthless part of something. 無用的殘餘物。dregs of life: 肉體、臭皮囊。

11. wretch's knife: Death's weapon. 死神是死亡的擬人化，常被想像為手持利刃、鐮刀等兵器，鐵面無情。wretch：不幸的人，惡棍。

13–14 行

13. worth: value.

詩人在結尾的對偶句展演文字遊戲，用了幾組人稱代名詞，轉譯如後：The worth of that (body) is that which it (body) contains,/And that (spirit) is this (line, poetry), and this (line, poetry) with thee remains. 大意為：你失去的僅是我的肉體（生命的殘渣），它唯一的價值是其中的靈魂，而我的靈在詩中，與你長相左右。

Sonnet 74【翻譯】

但我要是被兇狠的捕快抓去
誰也不能保釋，請不要心亂。
我生命有些利益存於此句，
它會長伴你做永久的紀念。
當你重讀這首詩，你又看出
主要的部分的確是奉獻給你。
泥土只能收回他應得的泥土；
我的精神，全身精華，屬於你。
那末你僅喪失生命的糟粕，
我身體既死，蛆蟲爭食之物，
那惡漢刀下懦弱的犧牲者，
太卑鄙了不堪勞你神記住。
　　身體的價值在他含有的精神，
　　精神即是此詩，此詩與你共存。　　　（陳次雲譯）

Sonnet 74【翻譯】

毋須抱怨差役殘酷拘禁

不准交保就要緝捕歸案，

我的生命是此詩的部分，

將陪伴你作為永恆紀念。

當你重讀此詩，就是重讀

這全然奉獻給你的部分：

塵土所得是應得的塵土；

屬於你的乃我精華──靈魂。

故而你僅失去生命糟粕，

蛆蟲爭食，我的肉身已矣，

死神刀下怯弱的失敗者，

於你而言，卑微不值一提。

　　肉身的價值在於其內裡，

　　亦即本詩篇，與你永相依。　　　　（陳芳譯）

Sonnet 80

　　「對手詩人」出現於 S78–S86，合計九首。十六世紀末，有一群和莎翁同代的劇作家、政論小冊子作家，他們出身學院，學識淵博，奠定伊莉莎白戲劇的全盛時期，後世通稱為「大學才子」(university wits)。這些文人絕大多數是劍橋或牛津的畢業生，包含馬妻、葛林 (Robert Greene, 1558–92)、奈許 (Thomas Nashe, 1567–c. 1601) 等人。其中馬妻以無韻詩體寫成的戲劇傲視倫敦劇場，影響長達五十年。S78 影射這一群人，但 S79 鎖定某一位，詩人稱之為「一枝更有身價的筆」(a worthier pen)。這一組詩在商籟集中並不特別出色，但就戲劇性而言，對手詩人的介入增加衝突、壓力、競爭的故事情節，別有趣味。當時作家經常接受貴族公卿的金錢贊助，作家則以題名獻詩作為回報，可以想像作家之間的競爭角力暗潮洶湧。詩人顯然對某位才子相當吃味，起初以嘲諷、攻擊對應，繼之改變戰略，以自卑、自謙的姿態博取少男的青睞。打同情牌的策略常見於「對手詩人」詩組。

　　詩中第二、三節詩人自比一葉小扁舟，以大船隱喻

對手詩人。1588 年英國海軍擊潰西班牙的無敵艦隊
(Armada)，歸功於精準的戰略與天候風向等多重因素，
但就英人觀點而言，英國海軍的小船擊潰西班牙稱霸中
南美洲海域的大帆船艦隊，最值得稱道的是「以小博大」
的光榮勝利。青年的莎翁曾經見證這段歷史，極有可能
在此詩暗藏典故，明褒暗貶，顯然有與對手較勁的意味。

Sonnet 80

O! how I faint when I of you do write,

Knowing a better spirit doth use your name,

And in the praise thereof spends all his might,

To make me tongue-tied speaking of your fame.　　　　　4

But since your worth wide as the ocean is

The humble as the proudest sail doth bear,

My saucy bark inferior far to his

On your broad main doth willfully appear.　　　　　8

Your shallowest help will hold me up afloat,

Whilst he upon your soundless deep doth ride,

Or being wrack'd, I am a worthless boat,

He of tall building and of goodly pride.　　　　　12

　Then if he thrive and I be cast away,

　The worst was this, my love was my decay.

1–4 行

1. faint: swoon; grow weak and dispirited. 昏暈、昏厥；lose confidence. 灰心、失志。

2. a better spirit: a more gifted poet. 指那位更有才華的詩人。
   use your name: write about you。

3. in the praise thereof: in the praise of that (i.e. your name).
   spends all his might: 使盡全力。

4. tongue-tied: embarrassed. 張口結舌的；說不出話的。
   fame: lovely qualities. 美好特質。

5–8 行

5. wide as the ocean: 比喻愛人的價值寬闊「似」海洋，這是明喻，但是以下的詩行裡，明喻輕巧地化為暗喻，愛人已然「是」海洋，無論大小船隻都可兼容並蓄。

6. as: as well as.
   proudest sail: 雄偉的船，例如戰船。
   sail：以船帆代替船（以部分代整體）。

7. saucy: sexually suggestive in a light-hearted and humorous way. （英國俚俗語）俏皮風騷的。
   bark: 小船，十七世紀前特指船底扁平，划行於淺水的小船。

值得一提的是，二十世紀前期英國賽馬史上出現一匹天后級的純種英國母馬，本名蘇 (Sue, 1922–37)，性情頗俏皮，故以俏皮蘇 (Saucy Sue) 的名號揚名，她是賽馬場的常勝軍，擁有無數粉絲。此名廣為應用，從漫畫主角的小艇、果醬到酒精飲料都以她命名。以今釋古雖然不妥，但詩人自喻 saucy bark「一葉俏扁舟」，令人莞爾。

8. on your broad main: 在你寬闊的汪洋上。

　　main: 大海，滄海。

　　willfully: (UK) wilfully, perversely, i.e. against reason. 任性地、故意地。

9–12 行

9. shallowest help: 淺水的幫助，因為船小故可航行於淺水區；意指自己不期待慷慨的支援，只求些微的青睞即可。

　　afloat (adj.): floating in water. 飄浮於水上。

10. soundless:（詩歌用語）unfathomable, very deep. 深不可測的。

11. wrack'd (wracked): shipwrecked, ruined, destroyed. 沉船，船隻遭受嚴重破壞。

12. tall building: large and strong construction. 指構造堅實的大船。

pride: splendor. 堂皇、威嚴、華麗。

13–14 行

13. thrive: prosper, flourish. 茂盛、欣欣向榮。

14. decay: ruin. 毀滅。

my love was my decay: my love for you led to my ruin.

Sonnet 80【翻譯】

喔，我寫到你的時候多麼氣餒，

得知有更大的天才利用你名字，

他不惜費盡力氣去把你讚美，

我箝口結舌，一提起你聲譽！

但你的價值，像海洋一樣無邊，

不管輕舟或艨艟同樣能載起，

我這莽撞的艇，儘管小的可憐，

也向你茫茫的海心大膽行駛。

你最淺的灘瀨已足使我浮泛，

而他岸岸然駛向你萬頃汪洋；

或者，萬一覆沒，我只是片輕帆，

他卻是結構雄偉，氣宇軒昂：

　　　如果他安全到達，而我遭失敗，

　　　最不幸的是：毀我的是我的愛。　　　（梁宗岱譯）

Sonnet 80【翻譯】

執筆致頌感無力，

知有異才崇時賢，

竭彼才華譽美德，

致我欲歌雅無言！

但君德宏如海洋，

同載不分帆高卑，

小舟固慚不自量，

無垠海上仍追隨。

當彼巨舟破浪深海行，

舉手之助能使我浮游；

不幸遇危遭覆傾，

彼何高巍我僅一細舟：

　　　然則比若風順我被捐，

　　　為愛遭殃乃我之罪愆。　　　　　　　（虞爾昌譯）

Sonnet 87

　　這是一首別離詩。詩人對情人既拿不起，也放不下，他對感情既不能採取主動，又無法操控。他把雙方情義比喻為經貿特許狀或專利權；作家的用語反映時代氛圍。1588 年英國擊敗西班牙的無敵艦隊，解除了海上貿易的主要威脅，倫敦等大城市裡從事貿易的中產階級崛起，貿易來往的雙方需要訂立契約，保障履約等事宜，可想而知，契約術語普遍流行於民間。莎翁對時代的脈動十分敏銳，他的戲劇《威尼斯商人》就充滿契約的概念，劇作以威尼斯為名，但也反映倫敦的經貿概況。巧妙的是，詩人把感情置入交易買賣的脈絡，借題發揮，做情感的告白。全詩十四行裡，有十二行押的是弱韻：亦即韻腳的這個字在應有的重音之後，多出一個弱音的音節，每行成為十一個音節。此詩讀來猶如輕輕的喟嘆，像是一首不甘不願的贈別詩。以下彭鏡禧教授的翻譯，每行最後一組詞以較小字體重複，像是回音，試圖捕捉原詩的嘆息，餘音縈迴繚繞。

Sonnet 87

Farewell, thou art too dear for my possessing,

And like enough thou know'st thy estimate.

The charter of thy worth gives thee releasing;

My bonds in thee are all determinate.　　　　　4

For how do I hold thee but by thy granting,

And for that riches where is my deserving?

The cause of this fair gift in me is wanting,

And so my patent back again is swerving.　　　　8

Thyself thou gav'st, thy own worth then not knowing,

Or me to whom thou gav'st it else mistaking,

So thy great gift, upon misprision growing,

Comes home again, on better judgement making.　　12

　Thus have I had thee as a dream doth flatter:

　In sleep a king, but waking no such matter.

1–4行

1. dear: (1) loved, precious. 親愛的。(2) high in price. 昂貴的。這是雙關語，以金錢為譬喻，刻畫感情的代價。詩人表示對象身分尊貴，他不配擁有或高攀，感慨自己為情所苦，發覺代價太高負荷不起，提議分手了斷。

2. like enough: probably, most likely. 很可能。這個片語是常見的口語，以尋常口語入詩，像是與愛人面對面閒話家常，但說出口的卻是分手的苦澀，詩人使用「壓抑法」，看似舉重若輕，實際上像一口燜燒鍋，裡面是滾燙的情緒。

   estimate: value. 價值、身價。

3. charter: written statement of rights, permission to do sth. esp. conferred by a government. （政府頒發的）特許狀。被譽為憲政「鼻祖」的英國《大憲章》(*Magna Carta/Charta* [拉丁文]，1215)，它的英文名稱 "the Great Charter of the Liberties" 即用這字。

   the charter of thy worth: 你身價賦予你的專利權、權利。

   releasing: releasing yourself from me; the right to leave me. （從對我的義務裡）釋放。

4. bonds: contract. 約束、契約。

   determinate: (1) finished, expired. 結束、截止。(2) determined by and dependent upon. 取決於（某人）、由（某

人）決定。

本節把兩人之間的情誼比喻為特許狀，依照裡面規範的權利、義務等，依約執行。

5–8行

5. but: except.

   granting: 給予。本句是修辭性的設問：如果你不允許，我又怎能擁有你？

6. riches: 財富。

7. this fair gift: 意指雙方情誼是對方贈與的禮物 (gift)，不是一般契約。既然是對方餽贈的禮物，贈者有權改變禮物的形態以及有效期。

   The cause...is wanting: There is no cause to deserve it. 配得餽贈的理由不存在。

   wanting: not existing, absent. 不存在、缺乏。

8. patent: 專利權、特許狀。

   swerving: returning. 返回。本句站在對方角度論辯：我持有的專利權本是你的餽贈，業權契據賦予我的權利你可以收回。

第二節指出兩者的問題核心：作為感情交易的雙方，他們地位懸殊；好友既富且貴，詩人則毫無價值，所以只能被動收受。

9–12 行

10. mistaking: overestimating. 高估。

11. upon misprision growing: originating from error. 出於錯誤。

    misprision: error. 此字是當時法律用語，指對於犯罪行為知情而不報，明知故犯或刻意隱瞞。詩人故意用嚴肅的法律術語描寫感情的瑣碎細節。

12. comes home again: the gift comes home to the giver again. 物歸原主。

    making: being made (by you).

13–14 行

13 – 14. dream...flatter...king: 這組字是莎翁常用的「意象字串」(image cluster)，以一組相當固定的搭配詞表達某種哲理、意念。這兩句意為：夢境太美，醒來原來只是一場夢。 相似意象見於羅密歐描述自己的夢："If I may trust the flattering truth of sleep,/My dreams presage some joyful news at hand." 「如果我相信夢的甜言蜜語，我的夢預示佳音將至」(*Romeo and Juliet*, 5.1)。

    flatter: 討好、恭維。

Sonnet 87【翻譯】

別矣！你太珍貴我無法擁有，擁有

想來你也知道自己所值多少，多少

你身價的證明使你獲得自由；自由

我對你的債權已經全部終了。終了

若非你許可，我如何將你占據？占據

我何德何能，配得你這尤物？尤物

我無福消受這美好的贈與，贈與

於是我的專利又轉回原處。原處

你獻出自己，是不知自己的尊貴，尊貴

否則是把我高估，才會將它給我；給我

因此你的大禮，出於一場誤會，誤會

回到自己家裡，新的判斷沒錯。沒錯

　　就這般我擁有過你，如在夢中受寵：受寵

　　睡時是個國王，醒來只一場空。一場空　　（彭鏡禧譯）

Sonnet 87【翻譯】

再見！你太高貴了，我配不上你，
很可能，你也清楚自己的價值。
我的特許狀允許你有鬆綁的權利；
我跟你的約定，也就到此為止。
如果你不允許，我又怎能擁有你，
這樣的財富，我又如何消受得起？
我實在沒有接受美好贈禮的道理，
於是，我的特權又一次轉頭迴避。
你把自己給了我，當時沒了判斷，
不然，你把自己給了我純屬失算；
因此你送的大禮，可能只是誤判，
再次回家，這回有了更好的判斷。
　　因此，我擁有你仿若是幻夢一場：
　　在夢中我為王，但醒來虛幻一場。　　　　（林璟南譯）

Sonnet 94

　　這首詩論述外表與內在的差距。首先以比喻和意象描繪某些得天獨厚的人，他們有權力駕馭世界，但卻能節制自持，不傷害他人。前兩節透過不同面向，對比一個人的內在美德 (inner worth) 與外表 (outer appearance)，凸顯兩者的反差和矛盾。看似無情、鐵石心腸的人，卻珍惜稟賦，實為天地間的有情人。第三節出現一個逆轉，突然另起話題：夏日的花本來芬芳甜美，卻因感染惡疾而腐壞。這首詩幾乎是詩集裡唯一沒有主體 (I, me) 以及人我關係 (I–thou) 的一首，但指涉的對象隱然浮現。本詩的辯證詭譎，口吻嘲諷，似乎反映詩人對所愛矛盾不捨，愛恨兩極的心情。早先在詩集的 S1 的第 2 行，詩人比喻美少男為「美之玫瑰」，這個形象與本詩的前兩節吻合 (看似無情卻有情)，而現在他腐壞發出惡臭，令詩人極為失望。本詩也成為詩集的轉折點，下一首 S95 開始，詩人對所愛之人的指責化暗為明。

Sonnet 94

They that have power to hurt, and will do none,

That do not do the thing they most do show,

Who, moving others, are themselves as stone,

Unmoved, cold, and to temptation slow,　　　　　　　4

They rightly do inherit heaven's graces,

And husband nature's riches from expense;

They are the lords and owners of their faces,

Others, but stewards of their excellence.　　　　　　8

The summer's flow'r is to the summer sweet,

Though to itself, it only live and die,

But if that flow'r with base infection meet,

The basest weed outbraves his dignity:　　　　　　　12

　For sweetest things turn sourest by their deeds;

　Lilies that fester smell far worse than weeds.

1–4 行

2. the thing...show: what their appearance strongly implies. 外表顯示極可能會做的（行為）。全句意為：他們不濫用權柄做壞事。

3. as stone: 如石頭一般不受影響；不動如山。

4. cold: dispassionate. 冷淡無情的。

   to temptation slow: slow to feel temptation. 不易受到誘惑。

5–8 行

5. rightly do inherit: make proper use of. 善用得天獨厚的稟賦；inherit: possess, enjoy. 擁有、享有。

   graces: 恩典。

6. husband: use (resources economically) 善用資源；丈夫一字用作動詞，源自古英文，意為 till, cultivate 耕耘，因為古時男耕女織，各有職分。全句意為：保護天然豐饒的資源，免於浪費。

7. the lords and owners of their faces: completely in control of themselves. 完全主宰自己；是自己的主人。

8. stewards of their excellence: can only hope to steward a part of their excellence. steward: (n.) 服務員、財產管理人，此處做動詞用，意為執行代管工作，與前一句的主人（有自主

權）對比。

7–8 兩句隱含《聖經》，耶穌關於三個管家才幹的比喻。兩個
好管家善用主人託管的資金做買賣而增加財富；壞管家把主
人給的銀子掘地埋藏，浪費了資源。耶穌訓示：「凡有的，還
要加給他，叫他有餘；沒有的，連他所有的，也要奪過來。」
（〈馬太福音〉25 章）。

9–12 行

第三節出現一個大轉折，詩人轉而注視一朵染病凋殘的花，
他把所愛的人比喻為夏日的花朵，染病以後，由芬芳到腐壞，
發出惡臭。

10. 全句改寫如下：Though to itself only, it live and die. 只更動
only 的位置就容易明白。 Though to itself only: to itself
alone. 就它自己而言；it live and die： 自生自滅。全句意
為：即使這朵花完全不知道自己的重要；接近中文「空谷
幽蘭」的況味，花開花落都只在自己的小世界完成，與他
人無涉。

11. with base infection meet: becomes sick. 染上惡疾；infection:
感染。

12. outbraves: surpasses in splendor. 超過（花的）榮美。
his dignity: his/its worth 他的身價。

全句意為：卑賤的野草猶勝於這朵失去芬芳的花。值得注意的是，這句話的人稱代名詞 his，當時的英文陽性代名詞 he, his 和中性代名詞 it, its 混用，而詩歌裡絕大部分使用前者。全詩看似沒有指涉特定的人，在 12 行留下伏筆。少男與又壞又懶的管家和腐臭的夏日之花 ，產生微妙的連結。

13–14 行

13. sweetest things turn sourest: turn sour. 變壞 、 變質 ； turn sour 常用於形容兩人關係變質。《哈姆雷特》劇中，娥菲麗退還王子的定情物 ， 給了類似的理由：Rich gifts wax poor when givers prove unkind (*Hamlet*, 3.1). 意思是禮物本來珍貴，但情人變心，定情之物貶值。

14. fester: filled with pus; become repulsive, grow worse. 化膿 ； 惡化。

Sonnet 94【翻譯】

有人能傷人卻一人也不傷，

偏偏不幹顯然要幹的事物，

驅遣別人，自己像磐石一樣，

屹立不動，冷峻又誘惑難入──

他們真的是蒙受上天的恩寵，

一點也不浪費造化的財富；

他們是自己面貌的主人翁，

他人只是他們俊秀的童僕。

夏日的花兒在夏日才清香，

花兒本身只知道開了又謝；

但是那花兒如遭惡疾感染

最賤的雜草也美過他一些；

　　　因為最香變最臭，若行為腐敗，

　　　腐爛的百合味道遠比雜草壞。　　　　　（陳次雲譯）

Sonnet 94【翻譯】

年輕網紅們坐著老天的厚愛，不曾出手雖能重重傷人，
他們的拳頭，埋伏有風有雨，手指有模有樣守著人和，
走著石頭系有情人的品味，抹去有稜有角而風迷網民，
再披冷色系氣質，不因紅透半邊天，而受色澤洪流誘惑；

他們的手典藏上天傳承的靈巧，敲出獨厚的稟賦，
穿梭遨遊，天然肥沃人性資源裡，耕耘自己的喧囂；
他們當自己臉色的主人，扮演數位發言的新貴族，
其他只是侍從，沿路在他們辭藻的才華旁，聽風陪笑。

但是，夏天的花啊，就只配擁有夏天的甜蜜嘛，
它只在意自己笑意燦爛，和嘴角垂掛稀落的枯葉，
如果自滿，就容易病毒入侵，變成爽約無情的亂碼，
卑微小草也會趁機，爬進尊榮的花蕊裡留言撒野：

　　唉，最甜美花瓣，因自己酸言酸語的留話，更超窮酸；
　　變質的百合花，聞起來，卻遠比無名雜草，更辛酸。

（蔡榮裕譯）

Sonnet 98

　　本詩大意：「春天時我離開了你，也斷絕了所有春天的喜悅，鳥語花香都不能帶來慰藉；眼見都是你的倒影，處處複製你的美好。雖然春色蕩漾，於我如寒冬，我勉強對著你投射的影子戲春。」詩中的四月天，化身為一位活潑的青年，穿著像小丑般鮮豔多色的服裝，萬物都感染他的朝氣，唯獨不能博詩人一笑。和 S27、S29、S44、S45 這幾首熾烈的感情相比，本詩的筆觸恬淡，沒有強烈的情緒字眼，把思念表現的婉約綿長。詩人雖說無心賞春，但春色已在字裡行間，點點離愁，清媚動人。這首詩的文字似乎亟欲與內容脫勾，自成一種疏離之美。

Sonnet 98

From you have I been absent in the spring,

When proud-pied April, dressed in all its trim,

Hath put a spirit of youth in everything,

That heavy Saturn laughed and leaped with him,　　　　　4

Yet nor the lays of birds, nor the sweet smell

Of different flowers in odor and in hue,

Could make me any summer's story tell,

Or from their proud lap pluck them where they grew.　　　8

Nor did I wonder at the lily's white,

Nor praise the deep vermilion in the rose,

They were but sweet, but figures of delight,

Drawn after you, you pattern of all those.　　　　　12

　Yet seem'd it winter still, and, you away,

　As with your shadow I with these did play.

1–4 行

2. proud-pied: brilliantly multi-colored. 鮮豔繽紛的。

  trim: finery; additional decoration, typically along the edges of something and in contrasting color or material. 炫目的裝飾；花俏的裝飾，特指在衣服的邊緣以強烈對比色或不同材質做成裝飾。

4. heavy: melancholy, morose. 憂鬱的、慍怒的；heavy with years: 年邁的。

  Saturn: 土星；（羅馬神話）農業之神。星象學裡土星主憂鬱；農神在西方文化的想像裡是一個年紀老邁，行動遲緩的神祇。這兩個意象結合起來，恰巧和春天的活力形成對比。這行的意思是，春天歡樂的氣氛連土星（或農神）都感染了，與春起舞。

  leaped: (UK) leapt. leap: 文學及修辭的用語、一般用語為 jump。

5–8 行

5. Yet nor: yet neither.

  the lays of birds: （詩歌用語）bird song.

  a lay: a short lyric or narrative poem intended to be sung. 一首抒情短詩或敘事詩，用以吟唱。

6. 這行使用倒序 (reverse order)，還原為：Of flowers different in odor and in hue. different: varied. 不同的、各樣的。

   odor: (UK) odour. 香氣。

   hue: color, tone, shade. 色澤。

7. summer's story: pleasant narrative. 愉快的故事。 夏季在十六世紀的英國是一年中美好的時光（參見 S18 注釋），夏季介於春天的萌芽、生長，秋季的成熟、收穫，用以比喻人生的青年期。

8. lap: ⑴坐時大腿與膝蓋之間的部位， 即是膝上型電腦 (laptop) 可放置的地方。⑵（中古英文） 衣裳或女性裙子的前片，古早用來兜東西，功用如口袋。此處指山谷中的一片低窪地；山窪。

9–12 行

10. vermilion: fiery red. 火紅、鮮紅。

11. figures: symbols, representations. 象徵、呈現。

12. drawn after you: modeled on you. 模擬你的、以你為範本的。

13–14 行

14. shadow: portrait. 影像、影子。

    these: i.e. flowers.

Sonnet 98【翻譯】

在春天的時候我離開了你；
多彩的四月，披著一身華服，
為世間萬物注入青春活力，
連憂鬱的土星也隨之起舞，
但無論是鳥的歌聲，抑或
種種花卉不同的芳香與色彩，
都不能使我歡訴夏日的傳說，
或從燦爛的山坳將它們採摘。
百合花的潔白我不覺稀奇，
也不讚美玫瑰的朱紅深深；
它們不過是悅目標誌、香氣，
來自於你——你是這一切的本尊。
　　但似乎仍是冬日，且因你遠離，
　　猶如伴你影子，我伴它們遊戲。　　　　（彭鏡禧譯）

Sonnet 104

　　這首詩罕見地在第 1 行標示說話的對象，詩人稱其為俊美朋友 (fair friend)，彷彿與他面對著面談心。詩人以時間為主軸，帶出老化、變異、美的殞落等意象，字字情深。他明知時光無可挽回，但仍奢望思慕的人不變，諸般的美好可以凝結。整首詩描述對於美的傷逝和對好友青春的依戀，尤其最後的對偶句感觸深邃，可以與詞人王國維的〈蝶戀花〉末兩句映照：「最是人間留不住，朱顏辭鏡花辭樹」。

Sonnet 104

To me, fair friend, you never can be old,

For as you were when first your eye I ey'd,

Such seems your beauty still. Three winters cold

Have from the forests shook three summers' pride,　　　　4

Three beauteous springs to yellow autumn turned,

In process of the seasons have I seen,

Three April perfumes in three hot Junes burned,

Since first I saw you fresh, which yet are green.　　　　8

Ah! yet doth beauty like a dial-hand,

Steal from his figure, and no pace perceived,

So your sweet hue, which methinks still doth stand,

Hath motion, and mine eye may be deceived;　　　　12

　For fear of which, hear this thou age unbred:

　Ere you were born was beauty's summer dead.

1–4 行

2. when first your eye I ey'd: when my eyes first looked at/into yours. eye 分別做名詞，動詞使用，是「同字根的重複」修辭。關於眼神的交會，莎劇《暴風雨》(*The Tempest*, 1610–11) 有一景描寫少女情竇初開，寫得很美。米蘭達 (Miranda) 自幼成長於孤島，與父親相依為命，她第一次看到世外來的少年斐迪南 (Ferdinand)，驚為天人。父親看在眼裡，[旁白]: "At the first sight/They have changed eyes"「第一眼，他們四目相交」(*Tempest* 1.2)。所謂「眼睛會說話」，眼睛在詩裡承載心領神會的含意，如 "from thine eyes my knowledge I derive" (S14.9); "If I could write the beauty of your eyes" (S17.5); "Her eyes so suited, and they mourners seem" (S127.10).

3. still: even to this point. 仍然。

4. summers' pride: 以夏日比喻少男現階段的美好風采，參見 S18 "summer's lease hath all too short a date." pride: splendor. 風采、華麗。第 3 行中間的句號扮演場景的切割：由一廂情願的盼望——俊友在時間中靜止，換景切入春夏秋冬四季的更迭，時序三度的輪轉，不只暗示人物靜悄悄改變的宿命，也點明兩人相識已經三年。

5–8 行

6. process: the progression.

   have I seen: I have witnessed. 我親眼目睹。

8. green: fresh. 鮮嫩的、青春的。

9–12 行

9. dial-hand: watch hand. 錶的指針。

10. figure: (1) numbers on the dial. 錶面上的數字。(2) shape. 美
    的形狀、樣貌。

    no pace perceived: with imperceptible motion. 肉眼看不見
    移動。十六世紀的手錶（懷錶）面盤上僅有鐘點的指針，
    據知約在 1675 年以後才有分針；這足以解釋肉眼的確難
    辨時針的移動。

11. hue: appearance or form. 外貌。

    still: unmoving, unchanged. 不動、不變。第三節寫美貌如
    時針，看起來似乎靜止不動，實際上時間如賊，經過一段
    時間它的變異就很明顯， 從原來的樣貌一點一點地竊取
    (steal)、挪移。

12. mine eye may be deceived: I may not see it. 雖然我看不見
    （移動、改變）。

13–14 行

13. For fear of which: which 指上述的事實：美貌和時間都在減損和改變之中。age unbred: generations unborn. 尚未出生的世代。

14. beauty's summer dead: 美少男就是夏日之美（參見參見 S1 "beauty's rose"; S18 "summer's lease hath all too short a date."）。詩人彷彿穿越時光隧道，對未來的世代宣告：你們無緣瞻仰美的容顏，因俊美的少男已死。

Sonnet 104【翻譯】

俊朋友，我看你絕不會衰老，

自從第一次和你四眸相照，

你至今仍貌美如初。三冬之寒

已從疏林搖落三夏之妖嬈，

三度陽春曾轉眼化作金秋，

我曾踱過時序轉回之橋，

看三回四月芳菲枯焦於六月，

而你仍鮮麗如昔似葉綠花嬌。

唉，嘆美色暗殞如時針流轉，

不見其動，卻已偷渡鐘面幾遭。

那麼你雖然貌似豔麗如舊，

或騙過我眼，暗地風韻漸消。

　　唉，不由我心焦，未來的時代聽我忠告，

　　你們尚未出世，美的夏天卻已死在今朝。（辜正坤譯）

Sonnet 104【翻譯】

我看俊美的你永遠不老，
自第一次與你四目相交，
至今依舊亮麗。三冬之寒
已然搖落林間三夏絢爛，
三春之美亦已轉入金秋：
我曾親見四季輪迴遞嬗，
四月馨香三度在六月燃炙，
而你青春一如我倆初見。
唉！不過妍麗似懷錶滴答，
流光暗中偷換難以覺察，
你雖貌美如昔，彷彿未變，
實則已異，欺蒙我的雙眼。
　　更迭既然難免，特此昭告後世：
　　爾等尚未出生，美之盛夏已逝。　　　　（陳芳譯）

Sonnet 116

此詩是對真愛的禮讚，婚禮中經常引用朗誦，作為對新人的祝福。著名莎劇演員勞倫斯・奧利弗、茱蒂・丹契、派屈克・史都華等都喜愛此詩，有朗誦影音留存。詩人嚮往純全的愛，這篇頌詞不僅是他對愛人發出的懇求，也是他的自我宣言，盼望共同持守盟約，追求理想的境界。S87 把兩人的情義比喻為契約 (contract, charter, bond)，而婚姻是雙方的約束，婚約 (marital contract) 是一種契約形式，不過在神前的宣誓就不僅只是契約，有神參與作為見證，這是「盟約」(covenant)，有神聖不可動搖的本質。S116 是詩集中第一次使用婚約的譬喻，顯示感情步入成熟階段需要宣告持守約束，猶如在聖壇前的宣誓，參見 "Those whom God hath joined together, let not man put asunder." 「神配合的，人不可分開」(〈馬可福音〉10:9)。這首詩兩度出現於李安導演的《理性與感性》 (Sense and Sensibility, 1995)，烘托女主角 （由 Emma Thompson 艾瑪・湯普遜飾演）對於愛情的嚮往與幻滅經驗。有趣的是，珍・奧斯汀 (Jane Austin, 1775–1817) 的原著小說 (1811) 並沒有引用 S116，但在電影版裡成為主題詩歌。

Sonnet 116

Let me not to the marriage of true minds

Admit impediments; love is not love

Which alters when it alteration finds,

Or bends with the remover to remove.　　　　　4

O no, it is an ever-fixed mark

That looks on tempest and is never shaken;

It is the star to every wand'ring bark,

Whose worth's unknown, although his highth be taken.　　8

Love's not Time's fool, though rosy lips and cheeks

Within his bending sickle's compass come;

Love alters not with his brief hours and weeks,

But bears it out even to the edge of doom.　　　　12

　If this be error and upon me proved,

　I never writ, nor no man ever loved.

1–4 行

1 – 2. Let me not to the marriage .../Admit impediments: 同性婚姻在四個世紀前的英國根本不可想像，詩人巧妙的避開這個問題，而以 marriage 代表兩心的結合，the marriage of true "minds" 取代 "persons"。這句話源自天主教的「結婚宣言」(The Banns of Marriage): "If any of you know cause or just impediments why these persons should not be joined together in holy Matrimony, ye are to declare it." 「如果你們中間任何人知道原因或只是障礙，為什麼這兩個人不應該在神聖的婚姻中結合在一起，你們要宣布它」。婚禮儀式上，同一問題主禮神父要重複問三次。詩人的宣告可以有兩種解釋：一、真愛能克服一切困難，排除所有障礙。二、即使發現某種障礙會令婚約無效，也不願意承認它。第二個解釋可視為詩人在兩人關係中採取的妥協。

2. impediments: obstacles. 障礙、妨礙物。

3. alters when it alteration finds: changes when it finds changes in the beloved. 發現愛人改變而跟著改變。alters (v.) ... alteration (n.) 運用「同字根的重複」修辭。

4. bends with the remover to remove: 同樣運用「同字根的重複」。bend: (1) cause sth. to be out of a straight line. 使彎曲。

⑵ submit. 屈服。

remover: 指盟約中發生變動的一方，可能因為遠離，或者見異思遷。第 4 行意為：即使伴侶有所改變，也不會隨之動搖。

5–8 行

5. ever-fixed mark: seamark (such as lighthouse or beacons). 海上標誌，如燈塔、山上或海岸作為警示的信號燈，延伸譬喻為北極星 (the North Star, Pole Star)。

   ever:（古老用法）always. 永遠的。

6. looks on tempests...never shaken: 凝視暴風雨，自身絕不動搖。

7. wand'ring bark: lost ship. 迷航的船隻。

8. his highth be taken: although the altitude of the star may be used for navigation. 他（北極星）的高度被使用作為領航。

   highth: height, altitude. 高度。

這一節以北極星或燈塔等領航的意象貫穿，禮讚真愛永恆不移。

9–12 行

9. Love's not Time's fool: 此句把時間比喻作暴君，表示真愛

不受時間奴役，不因歲月而改變初衷。fool: 弄臣；弄臣是
君王的奴僕，裝瘋賣傻，委屈奉承的人，莎士比亞戲劇最
著名的當屬李爾王的弄臣 (Lear's Fool)。

10. bending sickle: bending: curved. 彎曲的。

sickle: death scythe. 死亡的鐮刀 ; 死神揮舞鐮刀收割亡魂
是詩歌中常見的意象。

compass: extant, range; i.e. the scope of the bending sickle.
（鐮刀收割的）範圍。

12. edge of doom: edge: 邊緣。

doom: ruin, death, Doomsday. In religious context, the
coming of the Judgement Day. 世界末日 ; 宗教意義上指最
後的審判日。

13–14 行

14. writ:（古語）wrote.

Sonnet 116 【翻譯】

二心真誠其愛應無芥蒂在。

愛若隨境遷，

若因變心終相違，

斯愛非愛愛未堅：

啊，不！愛乃海上不拔之航標，

傲視風暴雨狂不動搖；

愛乃指引漂泊小舟之北辰，其價無比，高縱可測料。

愛非時光老奴之弄臣，

紅唇朱顏固俱難逃彼奴之鉤刀；

時日急馳愛不改，

末日未臨忍磨熬。

　　我為斯言如證我妄悖，

　　我未作詩人亦從未愛。　　　　　　（虞爾昌譯）

Sonnet 116【翻譯】

（江城子）

純真婚約亙古情，

少忠誠，非摯愛。

屈就思遷，何以話永恆。

暴雨狂風猶屹立，

似北斗，引舟行。

高度能測價難衡。

日匆匆，人老成。

真愛不移，日月與爭鋒。

　　　如若此言不得證，

　　　吾不語，愛成空。　　　　　　　　　　（洪國賓譯）

Sonnet 127

　　S127 是「黑女郎詩串」的第 1 首，美少男退場。雖然學者習慣稱呼女主角為 Dark Lady，實際上，關於她外貌的描述大部分使用 black 這字，具體細節包括黑眼睛和黑頭髮，但並無黑皮膚的特寫。這位女士可能是黑人或是其它有色人種。本詩頌揚黑的自然美，標舉「黑即是美」的另類美典。詩人基本的論辯不在於黑／白的二元對立，而在於自然美／人工美之爭。十六世紀還沒有今天流行的醫美整容手術，但化妝術則自古即有，所謂「女為悅己者容」，傳說中埃及豔后 (Cleopatra, 69–30BC) 的牛奶浴、濃厚眼妝即是著名例子。但是詩人對於依賴化妝加工製造的美卻很有意見，口氣戲謔。放在醫美盛行的當代脈絡中閱讀，這首詩的語調詼諧，謔而不虐，特別有現代感。每首詩都像是微劇場，有故事、有情景。本詩第一節就很有畫面：美麗媽媽和自然爸爸生了三個女孩，頭生的叫白白，老二叫黑黑，都經過親子鑑定。許多年過去，白白消失了，又生下小白，但是她滿臉濃妝，本來面目不明。經檢驗證明，黑黑渾然天成之美，才是正牌產品。

Sonnet 127

In the old age black was not counted fair,

Or if it were, it bore not beauty's name;

But now is black beauty's successive heir,

And beauty slander'd with a bastard shame.　　　　4

For since each hand hath put on Nature's power,

Fairing the foul with Art's false borrowed face,

Sweet beauty hath no name, no holy bower,

But is profaned, if not lives in disgrace.　　　　8

Therefore my mistress' eyes are raven black,

Her eyes so suited, and they mourners seem

At such who, not born fair, no beauty lack,

Sland'ring creation with a false esteem:　　　　12

　Yet so they mourn becoming of their woe,

　That every tongue says beauty should look so.

1–4 行

1. the old age: the good old days. 從前、以前；隱含今不如昔的意思。

   black: dark hair and eyes; dark complexion. 此處的黑應該涵蓋黑與深色，包含頭髮、眼睛、皮膚的顏色。

   fair：有兩種意涵：⑴ fair skin: of a light complexion. 膚白，亦即典型白種人的淺膚色。⑵ beautiful, attractive. 美麗悅目的、吸引人的。例如著名的音樂劇電影 *My Fair Lady*，女主角原為倫敦東區的賣花女，經過打磨後，美貌氣質出眾，中文即以「窈窕淑女」迻譯片名，典出《詩經》〈關雎〉的「窈窕淑女，君子好逑」。

   counted: thought or considered to be; be included in reckoning. 視為；算在內。第一句話意為：就古早審美觀而言，黑不被視為美。

3. now is black beauty's successive heir: Black is now the lawful heir of beauty; Black has succeeded to the title of beauty. 現在黑是美的合法繼承人。

4. beauty slander'd with a bastard shame: beauty now suffers the disgrace (shame) of bearing a bastard son (through cosmetics). 美被詆毀，因為背負著私生子（人工美女）的羞辱。slander'd: slander (v.): make a false statement that

damages a person's reputation. 毀謗、詆毀。

bastard: (1)私生子。(2) falseness. 虛假；意為經過化妝的人工美，只能算為美的私生子。

5–8 行

5. put on: assumed. 假借。

6. Fairing the foul: making the ugly to be beautiful. fair (v.): beautify. 美化、使（某人）變美。此字罕見作動詞使用，莎翁經常變更單字的詞性，創造獨特用法，此即一例。

foul: disgusting, dirty; wicked, immoral. 令人噁心的、骯髒的；邪惡敗德的。這兩個反義字押首韻，相似的文字遊戲見於《馬克白》的開場，女巫以謎語般的魔咒："Fair is foul and foul is fair" (*Macbeth*, 1.1)，預示吉凶的瞬間轉變，真相和實際的差距。

Art's false borrowed face: art. 化妝術。

false: artificial. 非自然的。

第 6 行以四個 /f/ 起首的字押首韻，四重韻凸顯調侃口吻。關於女性的化妝，莎翁不止一次調侃，參見哈姆雷特對娥菲麗的嘲弄："I have heard of your paintings well enough. God has given you one face and you make yourselves another" 「我很知道你們塗臉的把戲。上帝賜給你們一張

臉，你們自己又去再造它一張」(*Hamlet*, 3.1)。

7. Sweet beauty hath no name: Beauty has lost her good reputation. 美已經喪失了名譽。

holy bower: sanctuary. 聖所、聖堂。

bower: a shady, leafy shelter in a garden or wood. 園林中的涼亭或綠蔭處；詩歌中借喻女子的閨房。

8. profaned: 被褻瀆。

7、8 兩行比喻美本是一個女神，遭到汙衊、褻瀆，失去原來神聖的地位。

9–12 行

9. raven: of a glossy black color. 烏金色的、有光澤的黑。

raven (n.): crow. 烏鴉。

10. so suited: dressed in the mourning black. 穿著哀悼的黑色喪服。另有解釋為：suited to today's fashion. 穿著符合現代潮流。我取第一意，解釋 9、10 兩行：我情人的眼睛烏黑，它們像是穿著黑色喪服為美的淪喪哀悼。

11. who, not born fair, no beauty lack: those who were not born fair yet look beautiful. 天生普通長相的人藉由化妝使外表美麗。

12. a false esteem: a false impression. 錯誤的印象；a bad name.

惡名。

13–14 行

13. becoming of: gracing. 合宜的、適合的。

woe: sorrow, grief. 悲哀、悲痛。此句意為：Mourning dress so becomes her eyes that they mourn beautifully. 黑色喪服適合她的黑眸子，雙眸哀悼地如此動人。

Sonnet 127【翻譯】

在遠古的時代黑並不算秀俊，

即使算，也沒有把美的名掛上，

但如今黑既成為美的繼承人，

於是美變招來了侮辱和毀謗。

因為自從每隻手都修飾自然，

用藝術的假面貌去美化醜惡，

溫馨的美便失掉聲價和聖殿，（原文如此；應為身）

縱不忍辱偷生，也遭了褻瀆。

所以我情婦的頭髮黑如烏鴉，

眼睛也恰好相襯，就像在哀泣

那些生來不美卻迷人的冤家，

用假名聲去中傷造化的真譽。

　　這哀泣那麼配合她們的悲痛，

　　大家齊聲說：這就是美的真容。　　　　（梁宗岱譯）

Sonnet 127【翻譯】

（新水令）

古代膚黑總嫌醜，

縱有俊秀者，　　　　　故如是，

亦不謂美。　　　　　　我情人，

今人違天意，　　　　　雙眸深黑似鴉背。

巧計弄藝，　　　　　　眼蔽墨簾，

假面塗抹遮飾。　　　　恰似披紗出喪，

美被毀謗。　　　　　　哀怨世人虛美，

蒙受私生之恥。　　　　生來醜晦。

曾經居美聖壇，　　　　造化自然本天為。

今無名位。　　　　　　卻遭假美誹。

昔多嬌，　　　　　　　泣涕。

今蒙塵，　　　　　　　淚眼思悲。

低眉受人睥。　　　　　引人齊呼：

　　　　　　　　　　　此是真美。　　　（黃必康譯）

Sonnet 129

　　S129 被稱為「色慾商籟」(Lust Sonnet)，此詩的獨
特處在於場景裡並沒有人物，不像其它商籟環繞詩人與
愛人之間的關係，它反倒像是一篇小品文，論述色慾的
追逐、滿足、慾起慾滅，以及慾念實踐的行動帶來的痛
苦。詩人的筆觸介於哲學論述與宗教的懺悔告解，自剖
色慾的衝動，暗示慾望衝動造成他與愛人之間的嫌隙。
這首詩經常被誤解為對性行為的撻伐，非也！這是一則
關於耽溺色慾的書寫，令詩人痛苦的是色慾裡的性行為，
他覺悟到剝除了情感的色慾是一種浪費。我們聽過揮霍
無度的金錢浪費，也多半經歷過渾渾噩噩、無所事事的
時間浪費，但詩人說的是，色慾的誘惑和追求，這種浪
費成為「可恥的浪費」(a waste of shame)，性滿足後帶
來的空虛和羞恥感。借用艾略特 (T. S. Eliot, 1888–1965)
長詩之名，S129 描寫的是色慾行動完成後心境的「荒
原」(*The Waste Land*, 1922)。在商籟詩集的脈絡中，
S129 是唯一提到色慾／肉慾 (lust) 的詩，本詩對於慾望
的譴責辭令從未出現於「美少男詩串」，如果這是詩人對
於黑女郎慾望的自剖，可以看出他對於兩個情人的愛慾
本質有極大的反差。

Sonnet 129

Th' expense of spirit in a waste of shame

Is lust in action; and till action, lust

Is perjur'd, murd'rous, bloody, full of blame,

Savage, extreme, rude, cruel, not to trust,   4

Enjoy'd no sooner but despised straight,

Past reason hunted, and, no sooner had

Past reason hated as a swallowed bait

On purpose laid to make the taker mad;   8

Mad in pursuit and in possession so,

Had, having, and in quest to have, extreme;

A bliss in proof and proved, a very woe,

Before, a joy proposed; behind, a dream.   12

  All this the world well knows; yet none knows well

  To shun the heaven that leads men to this hell.

1–4 行

1. expense: expenditure; dissipation. 花費、耗盡；放蕩。

   spirit: vital energy. 精力。

   waste of shame: shameful waste. 令人羞恥的浪費。

3. perjur'd: perjure (v.) 作偽證；過去分詞做形容詞，意為虛偽詭詐的。

4. extreme: violent. 極端的、暴力的。

   rude: brutal. 兇殘的。

   trust: be trusted.

   第 4 行所有負面的形容詞都影射黑女郎的個性。

5–8 行

5. enjoy'd: satisfied.

6. past reason: beyond reason. 不顧理性地。

7. swallowed: being swallowed. 被吞下。

   bait: food placed on a hook or in a net, trap, or fishing area to entice fish or other animals as prey. 魚餌，（置於網、陷阱等之內吸引獵物的）誘餌。

8. on purpose: purposefully. 故意地、刻意地。

   laid (lay, laid, laid): 放置、布下。

   taker: 上鉤者。

這一節使用狩獵的譬喻，描述誘惑者佈下誘餌，受色慾綑綁的人則像獵物一般，吞食上鉤。性行為的過程猶如一場狩獵遊戲，誘捕者等待獵物上鉤或掉入陷阱。

9–12 行

9. in possession: during the sexual intercourse. 性行為時。

10. Had, having, and in quest to have: 指性行為的過程，但反轉順序為之後（已得），之中（正在得），之前（尚未得）。

11. in proof: while being experienced. 經歷之中。 proved: after being experienced: 經歷之後。 從第 1 行到 12 行為止只是一整句話，以一口氣到底的句構描述慾起慾落的亢奮僅在一瞬之間。

13–14 行

13. well knows...knows well: 這句話非常口語，意為「世人皆知」，以「相同兩字反轉順序」的修辭組成的句構，和下一行的「但無人能避之」，行成反諷效果。

14. heaven...hell: 指色慾的誘惑像是預嘗天堂的滋味，性行為完成後，猶如預嘗地獄的滋味。最後的對偶句像是中世紀基督教義的警言，餘音迴盪。

Sonnet 129 【翻譯】

慾若得遂乃為心靈之力無恥之耗費；

當慾未遂，慾之為物

詐偽、兇狠、惡所集，

橫蠻、激劇、粗暴、殘酷，一切信賴萬難必；

慾之方遂即感其可鄙；

狂悖追求，一旦獲遂便覺逾恆之厭憎，

有如毒餌已下咽，

彼餌之設原欲使彼吞食者狂不勝；

追求時狂，既有亦欲狂；

已有，方有，求有，無一不勝狂；

遂行之時無量福，既遂之後一大厄；

事前預想誠至樂；

事後空遺夢一場。

　　凡此一切世人莫不知所惡；

　　獨憐無一稔知應避導人入此地獄的天堂路。

（虞爾昌譯）

Sonnet 129【翻譯】

縱肉慾，損精力，萬般愧羞，
色誘人，人迷色，人色皆毀。
行詭詐，集凶惡，禍害不休；
施強暴，嗜血腥，不信神鬼。
才歡悅，旋見棄，轉眼悲涼，
求雲雨，亟需索，一晌貪歡。
春去也，誰人共？如入羅網；
吞毒餌，上釣鉤，雨覆雲翻。

追逐、擁抱、苦求，意亂情迷，
已得、正得、欲得，心殫力盡。
當下樂、事後憂，懊悔無已。
未遂歡、既遂惱，春夢無痕。
　　人皆知，未盡知，煞是苦惱。
　　此仙境，通下界，終難繞道。　　　　　　（邱錦榮譯）

Sonnet 130

　　S130 是一首非常口語化的詩，筆觸活潑詼諧，這篇遊戲筆墨在商籟中非常搶眼，可謂黑女郎的註冊商標。詩人列舉一般情詩對女性制式化的刻板描繪，包含：雙眼像太陽，金髮碧眼、紅唇皓齒、玫頰暈紅，說話如樂音，行走飄逸似女神。我們想像詩人拿著一張美女必要條件清單，在上面一一打×，高調表示情人沒有半點符合美女的典範。詩人戲謔的對象自然絕非情人，而是濫用修辭套路的庸俗詩人。關於美女的描述歷代襲用，日久變成浮誇的詞藻，詩人刻意檢視清單，凸顯美典的荒謬。這首詩和 S20 都高舉自然美，後者套用商籟描寫女性的典型語彙，移植到美少男身上，鋪陳少男面容姣好如女性，但他是渾然天成的美。這首詩異曲同工，嘲諷俗流，標榜黑女郎非比尋常、十分另類的美。

Sonnet 130

My mistress' eyes are nothing like the sun;

Coral is far more red than her lips' red;

If snow be white, why then her breasts are dun;

If hairs be wires, black wires grow on her head. 4

I have seen roses damask'd, red and white,

But no such roses see I in her cheeks,

And in some perfumes is there more delight

Than in the breath that from my mistress reeks. 8

I love to hear her speak, yet well I know

That music hath a far more pleasing sound;

I grant I never saw a goddess go,

My mistress when she walks treads on the ground. 12

   And yet, by heaven, I think my love as rare

   As any she belied with false compare.

1–4 行

1. nothing: nothing at all.

3. dun: dark, swarthy. 黝黑的。胸部的顏色是關於黑女郎膚色描述的具體細節。

4. wires: 金屬線。十六世紀的歐洲仕女以極細的金屬線纏繞髮絲做出波浪彎曲等各式造型，故以細線比喻髮絲。

5–8 行

5. damask'd: mingled red and white. 紅白混色。
   Damask rose: 大馬士革玫瑰是一種薔薇科的雜交品種，有白、粉、紅及混色。

8. reeks: is exhaled. 吐氣。

9–12 行

11. grant: agree, admit. 同意、承認。
    go: walk.

12. tread: walk, put the foot or feet down on. 走、踩踏。

13–14 行

13. rare: admirable, extraordinary. 令人欣賞的、非凡的。

14. she: woman.

belied: misrepresented. 被錯誤呈現。belie (v.): fail to give a true impression of (something). 沒有忠實呈現。

compare: comparison.

這兩句的直譯：And yet I think her as admirable as any woman praised by false comparisons. 然而我想我的情人和（其它情詩中）以浮誇的方式比喻呈現的女性，一樣非凡可愛。

Sonnet 130【翻譯】

我情人的眼一點兒也不像太陽：

珊瑚之紅遠紅於她的嘴唇。

若說頭髮是金絲，鐵絲長在她頭上；

若說雪才是白色，那她的胸色灰悶。

我見過玫瑰繽紛，紅紅白白，

但她的雙頰沒有這種玫瑰。

有些香水聞起來舒服愉快，

超過我情人所吐露的氣味。

我愛聽她說話，可是我心中有數：

音樂的聲響更令人神怡。

我承認沒見過女神款步；

情人走路腳踏著實地。

    然而蒼天為證我看情人絕倫

    脫俗，賽似被胡亂比擬的女人。　　　（彭鏡禧譯）

Sonnet 130【翻譯】

（擬卿）

卿卿之目，不及朝日

珊瑚紅豔，猶豔唇素

霜雪白潔，卿襟棕涅

髮如絲縷，卿若繩烏

玫瑰酡紅，粉粉皚皚

徘徊春色，不上容顏

既有生香，神思逸飛

卿卿吐息，不如幽蘭

語且美善，我既心怡

鐘磬悅耳，金玉琳瑯

神女微步，我未見之

卿卿移時，履地而行

　　然天可鑑，卿卿之貴

　　縟辭繡藻，且莫能謂　　　　　（Nastassia Smith 史妍繕譯）

Sonnet 135

　　S135 是一場文字的狂歡，莎翁名為 William，他以自己的小名 Will 作文字遊戲，學者暱稱此詩為 "the Will poem"。在「黑女郎詩串」的脈絡中，本詩刻畫情人的致命吸引力，詩人與她之間的肉慾顯然遠超過愛情。與「美少男詩串」對照，詩人對美少男則是情勝於慾。Will 在本詩出現十四次，而承載的不同意義多達六種。pun 譯為「雙關語」在此恐怕已不適用，這個字在句中除了明顯意義，可能同時隱含其它意思（通常是性的隱喻）。這首商籟無關意境，亮點在於戲耍文字的機巧，讓我們見識到莎翁駕馭文字，出入自由的功力。另外，此詩包含猥褻語，兒童不宜讀。莎翁戲劇中很多類似的性影射，挑逗觀眾笑神經，足見他的戲劇作品並非陽春白雪，而是貼近庶民品味，雅俗共賞的大眾娛樂。

　　本詩和 S136、S143 都以 Will 作文字遊戲，但此詩從頭到尾以 Will 作為關鍵字，挖掘此字的可能性達於極致，可以視為作家刻意為之的簽名詩。由於一字多義，中文沒有任何一個可以對應的文字，翻譯幾乎是不可能的任務。以下列舉 Will 在本詩的六種意義，便於讀者

對照：

(1) William 的小名。

(2) 廣義的性，包含性慾 (sexual desire)、肉慾 (lust) 以及佛洛伊德的原慾 (libido)。

(3) 意志力 (will power)、毅力 (perseverance)、決定 (decision, determination)。此解呼應諺語：Where there's a will, there's a way（有志者事竟成）。

(4) 影射女性陰道 (vagina)。

(5) 名叫 Will 的男子暱稱自己的小弟弟。

(6) wilt = will 助動詞。

Sonnet 135

Whoever hath her wish, thou hast thy Will,

And Will to boot, and Will in over-plus;

More than enough am I that vexed thee still,

To thy sweet will making addition thus.　　　　　　　4

Wilt thou, whose will is large and spacious,

Not once vouchsafe to hide my will in thine?

Shall will in others seem right gracious,

And in my will no fair acceptance shine?　　　　　　8

The sea, all water, yet receives rain still,

And in abundance addeth to his store;

So thou, being rich in Will, add to thy Will

One will of mine, to make thy large will more.　　　12

　Let no unkind, no fair beseechers kill;

　Think all but one, and me in that one Will.

1–4 行

1. Whoever hath her wish, thou hast thy Will: 本句隱含英國俗
   諺 "A woman will have her will." Will 包含(1)(2)(3)意。

2. to boot: as well, in addition. 還有、除此之外。

   over-plus: a surplus or excess. 過多。

3. vex: cause distress to, trouble, upset. 令人煩惱、麻煩。

第一段意為：妳慾力旺盛，性伴侶多。

5–8 行

5. whose will is large and spacious: 包含(2)(4)意。

   spacious: accommodating. 可容納的。

6. vouchsafe: Give or grant (something) to (someone) in a
   gracious or condescending manner. 惠予、恩准。

   to hide my will in thine: (5)意。

7. Shall will in others seem righ gracious: 包含(2)(4)意。意為：
   如果妳的慾力慷慨地接受他人。

8. in my will no fair acceptance shine: 包含(2)(5)意。為何美好
   的恩准不能光照我？

9–12 行

9. The sea...yet receives rain still: 以海納眾水比喻黑女郎交往

對象之多。

10. store: A quantity or supply of something kept for use as needed. 儲藏物品。

11. thou, being rich in Will...to thy Will: (2)(4)意。

12. One will of mine: (1)(5)意。

13-14 行

13. Let no unkind...fair beseechers kill: do not kill with unkindness any of your wooers. 請不要殘忍地拒絕任何一位英俊求愛者。

beseechers: wooers. 求愛者，求歡者。

14. Think all but one, and me in that one Will: regard all your lovers as a single one, and me in that one Will. 把你的愛人們視為一體、而我是這群的一個。最後一字的 Will 意義更多一層，除(2)(4)意之外，另外把黑女郎的愛人們視為一個 Will 的大集合 (Collective Will or Will group)，而此處六義並存，語帶譏諷和自嘲。

Sonnet 135【翻譯】

那位女士心滿，威廉叫你慾足，

威廉外有威廉，威廉實太多。

再加過膽的我使你更惱怒，

卻在此情我填入你的妙壑。

你，你的牝谷既博大又寬廣，

藏我其中銷魂一番又何妨？

為何別的威廉中用又雅觀，

我的威廉偏偏不蒙你愛賞？

大海，全是水，仍把雨承載，

在滂沱充沛中增添他寶藏；

所以你，威廉既多，在威廉外

添一個我的使你大壑更旺。

　　請別無情峻拒來訪的尋芳客；

　　要一視同仁，算我威廉中一個。　　　　（陳次雲譯）

Sonnet 135【翻譯】

（西平樂慢）

天下女子，覓春無處，

偏就你逢雲雨。

意堅如我，慕情前來，春色馨馥濃趣。

纏你乞愛多少次，今又求歡再來，

你交歡廣，為何我情復拒？

他人風流纏綿，為何我、

情火遭冷遇？

大海浪闊，水何澹澹，

千湖百川，水流注注。

雨露下，廣納天水，匯集浩瀚，

似你欲深情滿，千嬌百媚，春潮急暗爭涌渡。

納我風流，春水盈盈，

且細想來，千情同一，

勿使無情，愁殺我情萬縷。　　　　　　（黃必康譯）

𝔖onnet 144

　　詩人在兩個愛人中間掙扎：好天使是位面容姣好的男子，壞天使是個皮膚黝黑的女子。善惡之爭是《舊約聖經》的大哉問：墮落天使以撒旦為首，寧可入地獄自立為王，也不願屈從上帝管束。天地之初，大宇宙有天使與神的角力 (wrestling with God)，個人的小宇宙也時時刻刻上演善惡的角力賽。本詩文字簡單直白，沒有花俏的修飾和曲折的比喻，詩人白描三角關係的罪惡與誘惑：壞天使引誘好天使，令其腐化，至於誘騙的嚴重性，詩人並不知道或不想知道。黑女郎引誘美少男墮落，使詩人同入地獄，這是三個人的地獄，往日的恩情斷絕，唯荒涼而已。　英國二十世紀的戲劇大師蕭伯納 (George Bernard Shaw, 1856–1950) 評點 S144："the most merciless passage in English literature."「英國文學裡最無情的一段」。

Sonnet 144

Two loves I have of comfort and despair,

Which like two spirits do suggest me still

The better angel is a man right fair,

The worser spirit a woman color'd ill.　　　　　　4

To win me soon to hell, my female evil

Tempteth my better angel from my side,

And would corrupt my saint to be a devil,

Wooing his purity with her foul pride.　　　　　　8

And, whether that my angel be turn'd fiend,

Suspect I may, yet not directly tell,

But being both from me both to each friend,

I guess one angel in another's hell.　　　　　　12

　Yet this shall I ne'er know, but live in doubt,

　Till my bad angel fire my good one out.

1–4 行

1. comfort and despair: 喜悅與哀傷兩種愛 。 寓意為 turning from comfort to despair (grief)，由喜變哀。

2. spirits: angel. 兼指好、壞天使。

   suggest: urge, prompt (a person) to evil. 促使（犯罪）。

   still: constantly. 總是、經常。

4. color'd ill: dark. 皮膚黝黑。在「黑女郎」的詩組，詩人一再標明女子的黑髮、深膚色，S127、S132 高舉「黑即是美」的另類美典。但因黑女郎變心，詩人眼中所見的黑色蒙上罪惡。

5–8 行

5. hell: sin. 根據《聖經》教義，地獄即是罪，包含原罪、罪性、罪行。

8. pride: lust, wantonness 色與慾 ; 此字有時隱喻陽具的堅挺傲立。

本節意為：詩人覺察已失去好友，卻仍然害怕失去，因為失去他猶如入地獄，他的心情矛盾。

9–12 行

11. from me: away from me both to each friend: each a friend to

the other.（背著我）他們兩人相好。

13–14 行

14. fire...out: drive...out; a hunting metaphor. 狩獵的譬喻，以火
誘使獵物出洞。動物對火與熱的反應不一，火誘法常見於
獵狐、獵狼等。

Sonnet 144【翻譯】

我有兩個愛人：安慰，和絕望。

他們像兩個精靈，老對我勸誘；

善精靈是個男子，十分漂亮，

惡精靈是個女人，顏色壞透。

我那女鬼要騙我趕快進地獄，

就從我身邊誘開了那個善精靈，

教我那聖靈墜落，變做鬼蜮，

用惡的驕傲去魅惑他的純真。

我懷疑到底我那位天使有沒有

變成惡魔，我不能準確地說出；

但兩個都走了，他們倆成了朋友，

我猜想一個進了另一個的地府。

　　但我將永遠猜不透，只能猜，猜，

　　等待那惡神把那善神趕出來。　　　　　　（屠岸譯）

Sonnet 144【翻譯】

我的愛情插翅難飛，東邊喜悅，西邊悲傷糾結，

兩位天使執意插翅在我身體，讓愛情飛來飄去

好天使是位美少男，剛從地獄，默默青澀回到陽界，

墮落天使是誘人的黑女郎，披著天堂簷下的情趣。

惡魔女很快就贏走我的心，卻要帶我，出入地獄門

誘惑試探跟我結伴同行，嚮往古典天堂的夕陽天使，

我的聖徒鐘聲，終究被染指上色，成變調的落日魔人，

傲氣硬挺挺不再清純，反身就要改寫歡愉的黑暗程式。

是否我的天使們已變節，幽幽青藤般纏成好朋友，

我還不知道啊，他們隱瞞著我，盤旋多情的風，

愛情的翅膀拋棄我的恩情，隨風蔓延遠方做朋友，

我猜想，一定有冷系天使，是另位熱情地獄的殘跡。

　　我飛在荒涼中，不知道愛情是被遺忘的，苔蘚植物，

　　直到壞天使火花閃爍，誘惑好天使，我再度見證迷霧。

（蔡榮裕譯）

國家圖書館出版品預行編目資料

致　親愛的：莎士比亞十四行詩／邱錦榮著.——初版一刷.——臺北市：三民，2023
　　面；　公分.——（文明叢書）

　ISBN 978-957-14-7706-0（平裝）
　1. 莎士比亞 2. 英國文學 3. 十四行詩

873.433/84　　　　　　　　　　112015344

文明叢書

致　親愛的——莎士比亞十四行詩

作　　　者	邱錦榮
總 策 畫	杜正勝
執行編委	單德興
編輯委員	王汎森　呂妙芬　李建民　李貞德 林富士　陳正國　康　樂　張　珣 鄧育仁　鄭毓瑜　謝國興
責任編輯	楊奕臻
美術編輯	陳宥心
發 行 人	劉振強
出 版 者	三民書局股份有限公司
地　　　址	臺北市復興北路 386 號 (復北門市) 臺北市重慶南路一段 61 號 (重南門市)
電　　　話	(02)25006600
網　　　址	三民網路書店 https://www.sanmin.com.tw
出版日期	初版一刷 2023 年 10 月
書籍編號	S740780
ISBN	978-957-14-7706-0

書名　商
書號 :978957
出版 :三民書局
作者 :邱錦添-
定價 : 400
備註 :2023/11/09

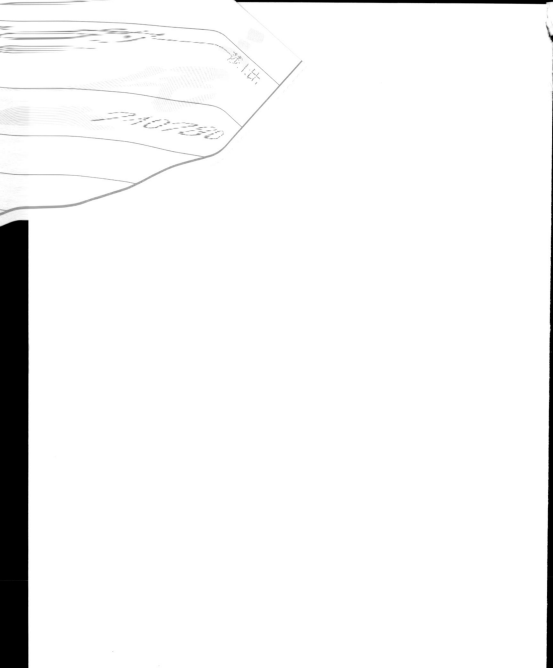